Memento

Jennifer Rush

Memento

*Traduit de l'anglais (américain)
par Cécile Chartres*

Du même auteur chez Albin Michel Wiz :

Amnesia

Titre original :
ERASED
(Première publication : Little, Brown and Company, New York, 2014)
© Jennifer Rush, 2014
Tous droits réservés, y compris droits de reproduction
totale ou partielle, sous toutes ses formes.

Pour la traduction française :
© Éditions Albin Michel, 2014

À Justin, mon frère préféré

1

Fidèle à moi-même, je me réveillai après minuit, prise d'un besoin urgent de voir Sam.

Simultanément, une question surgit dans mon cerveau encore quelque peu endormi : la voie menant au labo était-elle libre ?

Mais non, nous n'étions plus à la ferme. Il n'y avait plus de labo.

Pour voir Sam, il me suffisait de me retourner.

Il était allongé sur le ventre, les mains sous l'oreiller. Dans la pénombre, je distinguai les contours sombres du tatouage sur son dos. Des bouleaux, dont les branches s'étiraient jusqu'à ses bras.

J'observai ses épaules, les lignes formées par ses muscles au repos. Quel crayon j'utiliserais pour le dessiner ? Depuis que Sam, Nick, Cas et moi nous étions enfuis du labo de l'Agence, je savais que rien n'était permanent, pas même mes souvenirs. Maintenant, je profitais de chaque instant de ma vie. Au cas où.

Ma nouvelle devise : ne rien gâcher. Et je m'y tenais.

Surtout dès qu'il s'agissait des garçons. Nous formions une famille – liens du sang ou pas. Je considérais Cas comme mon frère. Nick aussi, d'une certaine façon, même si nos relations étaient plus compliquées.

Quant à Sam... Disons que je l'aimais au-delà de tout.

Je tendis la main afin de le toucher, afin de m'assurer qu'il était bien là, en chair et en os, mais me ravisai. Nous étions à cran depuis quelques jours. S'il prenait peur et se précipitait sur son arme, il la braquerait sur moi.

Sans bruit, je sortis du lit et descendis l'escalier de notre chalet de location. Je trouvai Nick en bas, penché au-dessus de la table basse. Le feu dans la cheminée éclairait sa silhouette d'une lueur orangée. Des grues en origami s'amoncelaient à ses pieds et il en tenait une autre dans la main.

Il en fabriquait à longueur de journée depuis une semaine environ et ne nous avait donné aucune explication. Incapable de les jeter, je les récupérais en douce et les conservais dans une boîte rangée sous mon lit.

– Hé, dis-je en m'asseyant en face de lui dans un des vieux fauteuils en cuir. Qu'est-ce que tu fais debout à cette heure-ci ?

– À ton avis ? répondit-il sans me regarder. Si je me suis levé au milieu de la nuit, c'est que je n'arrive pas à dormir.

– OK.

Il était épuisé. Il avait les yeux rouges et gonflés, les cheveux en bataille. Sous sa chemise verte en coton épais, je devinais chacun des muscles tendus de son torse et de ses bras.

Comme les deux autres garçons, Nick, même au plus mal, était très beau. Ça me rendait folle. Je n'étais pas laide mais, comparée à eux, j'étais affreusement banale. Parfois, j'avais le teint blême, la peau fatiguée – eux, jamais.

J'attrapai la grue devant moi. Les plis étaient précis, la queue pointue, aussi tranchante qu'une lame de rasoir. Un travail parfait. Nick réussissait tout ce qu'il entreprenait. Cas et Sam, aussi.

– Tu sais pourquoi tu fais ça ? lui demandai-je.

– Non, marmonna-t-il en s'attelant à une nouvelle grue. Je...

Il s'interrompit, comme pour s'empêcher de trop en dire. Puis il se tourna vers moi.

– Et si tu retournais auprès de ton petit ami et que tu me laissais tranquille ?

Je fronçai les sourcils. Avant, j'aurais fui sans demander mon reste, mais ces derniers mois, nos relations s'étaient améliorées – un peu. Je connaissais mieux Nick, je savais pourquoi il se montrait parfois aussi agressif. Il avait grandi avec un père violent, ce qu'il ignorait, d'ailleurs. L'Agence avait effacé sa mémoire.

J'avais envie de lui dire la vérité. Mais je ne trouvais jamais les mots.

– Sam n'est pas mon petit ami, répondis-je de manière presque automatique, à défaut d'autre chose. Enfin, pas officiellement.

Je ramassai une feuille de papier découpée et commençai à la plier.

– Et je n'ai pas sommeil non plus.

– Comme tu veux, grommela-t-il.

Dehors, le vent sifflait, secouant les branches des arbres et faisant trembler la porte. La neige s'entassait depuis le début de la soirée sur les rebords de fenêtre.

Nick termina sa grue et la balança sur la table. Puis il m'observa. D'habitude, ses yeux étaient bleu électrique mais, à la lumière du feu, ils me paraissaient d'un gris terne.

– C'est quoi cet air sur ton visage ? demanda-t-il.

– Quel air ?

– Comme si tu avais quelque chose à me dire.

Étrangement, parce que nous n'étions pas proches, il devinait sans mal mes pensées. Rien ne venait troubler ses pressentiments, surtout pas un semblant d'affection. C'était énervant. Je ne pouvais rien lui cacher.

– De quoi tu parles ? demandai-je en ravalant ma salive.

– Ne me prends pas pour un idiot, soupira-t-il, exaspéré.

Cherchant à temporiser, je continuai de plier ma feuille.

– Il y a certains aspects de ton passé que... que peut-être tu devrais connaître.

– Qu'est-ce que tu sais ?

– Pas grand-chose.

– Mais suffisamment.

– Ça pourrait t'aider à comprendre.

– Je sais tout ce que j'ai à savoir, déclara-t-il avant de faire craquer les articulations de ses doigts.

Qu'il persiste à éviter mon regard me mit la puce à l'oreille.

– Tu as des flash-back ? À propos de ton... je m'interrompis, par prudence. Les flash-back sont plus importants ? Plus détaillés, non ?

Après notre départ de la ferme, Sam avait été le premier à avoir des flash-back. Des vrais – ceux de Cas et Nick étaient mineurs. Et moi ? Oui, moi aussi. Ils concernaient surtout ma sœur aînée, Dani.

Quand j'étais partie de chez moi avec les garçons, trois mois auparavant, je croyais être une fille normale emportée dans le tourbillon de leurs vies. Ensuite, j'avais découvert que j'avais été moi aussi altérée. L'Agence avait supprimé de ma mémoire tous les moments importants de ma vie passée, notamment ceux avec ma sœur.

D'après nos informations, elle avait été tuée par l'Agence. De mon côté, j'essayais de me souvenir d'elle. Elle m'apparaissait au travers d'images brèves ou de sensations floues que je tentais de coucher sur papier. Pour l'instant, ce n'était pas concluant. Et les flash-back me donnaient mal à la tête. Je n'avais pas raconté ça à Sam, encore. Je ne voulais pas qu'il s'inquiète ou qu'il se comporte différemment avec moi.

– Alors, de quoi tu te souviens ? demandai-je à Nick. Raconte-moi.

— Je ne te dirai rien, rétorqua-t-il en serrant les poings. N'insiste pas.

À son ton, je compris qu'aucune force au monde ne pourrait lui extirper la moindre confidence. D'une certaine façon, il était encore plus têtu que Sam.

Il se leva, passa devant moi sans dire un mot et remonta dans sa chambre. La porte claqua peu après.

Dans la cheminée, le feu crépitait.

Posant ma grue à demi pliée, je ramassai celle de Nick et la tins entre mes doigts. Quand Sam descendit une minute plus tard, je n'avais pas bougé et observais toujours cette grue débile.

Il croisa les bras afin de se réchauffer.

— Qu'est-ce qui s'est passé ? demanda-t-il.

— Je l'ai énervé, répondis-je en lâchant la grue.

Il soupira, s'assit. Il me parut fatigué, ce qui ne lui ressemblait pas du tout, d'autant plus qu'il dormait plus que nous en ce moment.

— À quel propos ?

Je n'avais rien dit à personne sur le passé de Nick. Ce n'était pas à moi de partager ses secrets. Je me contentai de hausser les épaules.

— Qui sait, murmurai-je en bâillant. Bon, je vais me coucher.

Sam hocha la tête, et je sus qu'il ne comptait pas me rejoindre.

— Si je dors encore, tu me réveilles à l'aube ?

— Pas de problème.

Alors que je me dirigeais vers l'escalier, il m'attrapa

le poignet. Il me tira vers lui, enroula sa main autour de ma nuque et m'embrassa sur le front. Je fermai les yeux, respirai son odeur. Il sentait le savon à l'amande douce, l'air frais. Il sentait la maison.

Je t'aime, Anna. Il n'avait pas besoin de me le dire, je le savais.

Je croisai son regard. *Je t'aime aussi,* pensai-je en m'éloignant.

2

À mon réveil, quelques heures plus tard, j'entendis d'abord Cas qui chantait du Céline Dion sous la douche – « My Heart Will Go On », de toute évidence.

J'enfilai un gros pull par-dessus mon débardeur et mes leggings noirs et descendis dans la cuisine. Sam était assis à la petite table nichée dans un coin et Nick cassait des œufs dans une poêle.

– Il y en a assez pour moi ? demandai-je.

– Oui, déclara Sam avant que Nick puisse répondre.

Me versant une tasse de café, je m'assis à côté de Sam, qui consultait des fichiers sur l'ordinateur – ceux que nous avions volés à l'Agence. Ils contenaient une foule d'informations sur notre participation au programme Altérant, de nos débuts jusqu'à notre départ du labo de la ferme. Il allait nous falloir plusieurs mois pour tout lire, mais nous progressions. Cela dit, nous n'avions rien trouvé de vraiment intéressant. Parce qu'il travaillait pour l'Agence depuis plus longtemps que nous, depuis que sa mère l'avait vendu, les dossiers concernant Sam étaient deux fois plus nombreux. Les expériences de manipulations génétiques avaient commencé avec lui.

– Quoi de neuf ? demandai-je en réfrénant mon envie de lire par-dessus son épaule.

– Pas grand-chose.

Nick s'assit en face de moi. Son assiette débordait d'œufs brouillés, qu'il se mit à manger en silence.

– Je vais nous servir, dis-je en fusillant Nick du regard.

Mais la poêle était pratiquement vide. Je divisai ce qu'il restait en trois parties égales, pour que Cas en ait aussi.

– On n'a plus d'œufs, déclara Nick. Qui est de corvée supermarché cette semaine ?

– Moi, répondis-je. Et toi.

– Super.

J'y serais allée seule avec plaisir, mais nous étions d'accord sur le fait qu'il valait toujours mieux être deux. Nous faisions donc les courses en binôme, à tour de rôle, ce qui rassurait Sam.

– Je vais y aller, déclara-t-il en vidant sa tasse de café.

– Non, décrétai-je. C'est mon tour. Toi et Cas, vous y êtes allés la semaine dernière.

J'avalai une bouchée d'œufs tout en espérant qu'il insisterait.

Ce qu'il ne fit pas. Je lui avais demandé de me traiter comme les autres ; visiblement, il m'avait entendue.

– On y va cet après-midi, dis-je à Nick. Ne t'avise pas de disparaître.

Il déposa son assiette vide dans l'évier et sortit de la cuisine.

Ça promettait d'être une belle journée...

Deux mois s'étaient écoulés depuis que nous avions fui l'Agence et même si nous n'avions croisé aucun agent, nous restions très vigilants. Nos moindres gestes étaient mûrement réfléchis, planifiés. Qui faisait les courses, et quand. Qui surveillait le périmètre, et quand.

Mais nous craignions aussi qu'à force d'être trop prévisibles, l'Agence n'anticipe nos déplacements.

Parfois, prendre une simple douche me paraissait trop compliqué. Sam m'obligeait à fermer la porte à clé, à m'assurer que la fenêtre était déverrouillée au cas où il me faudrait m'enfuir. À poser mon arme à feu sur la commode.

Tant que l'Agence nous poursuivait, nous ne pouvions mener une vie normale. Et cette menace constante créait un stress permanent. Plus le temps passait, plus nous avions le sentiment que notre chance allait tourner – ce qui ne nous aidait pas à nous détendre.

Après le petit déjeuner, Sam et moi sortîmes contrôler le secteur. Il portait un manteau épais noir, une chemise en flanelle, un jean, des bottes en cuir noir. Quelques semaines auparavant, l'hiver s'installant, je m'étais acheté un manteau chaud, supposé résister à des températures négatives, que je portais à présent avec des leggings et des bottes.

Dans la forêt, nous fîmes le tour des endroits à risque.

La réverbération du soleil sur la neige m'obligeait à plisser les yeux malgré mes lunettes noires, et je me réfugiai sous une branche de pin.

Si un agent m'attaquait à ce moment précis, il aurait l'avantage – voilà ce à quoi je pensais désormais. Sans cesse, j'étudiais mes faiblesses, je cherchais des moyens de me défendre. Combien d'armes j'avais sur moi ? Étaient-elles faciles d'accès, chargées ? En ce moment, je disposais d'une arme à feu – cachée sous mon T-shirt – et d'un couteau glissé dans ma botte. Je me souvenais d'un temps où une seule arme me paraissait déjà trop. À présent, j'aurais aimé en avoir plus.

Sam me suivait. Dans la neige, il avançait sans bruit. Moi, je ne pouvais empêcher mes bottes de crisser. Agaçant.

– Je voulais te parler d'un truc, me lança-t-il alors que nous contournions un énorme chêne. Je pense qu'il est temps de partir.

Je m'arrêtai afin qu'il me rattrape.

– Déjà ? dis-je en le regardant par-dessus mon épaule.
– Ça fait quatre semaines.

Nous avions déménagé à deux reprises depuis notre évasion de l'Agence et même si nous avions de bonnes raisons de bouger, j'en avais marre.

Je souhaitais m'installer quelque part, prendre le temps de reconstruire la vie qui m'avait été volée. Il fallait que je reconstitue mon passé, que j'en sache plus sur ma famille, et je ne pouvais pas m'atteler à cette tâche sans me poser, surtout que nous nous éloignions de plus en plus de Port Cadia, la ville où j'avais grandi. C'était là que nos vies avaient brutalement changé de cap, quand Sam et moi avions perdu ma sœur.

Je voulais savoir comment Dani était morte, ce qu'il était advenu de son corps. Et pourquoi l'Agence avait tué mes parents. J'avais été placée dans ce labo à la ferme parce qu'il existait déjà un lien entre moi et les garçons, surtout avec Sam – lien que l'Agence avait exploité et perverti dans le but de vendre des unités de combat hyperefficaces.

Avaient-ils tué mes parents simplement pour éviter que ma famille ne me recherche, ou bien y avait-il une autre raison ? L'Agence savait depuis longtemps trafiquer la mémoire. Alors pourquoi ne pas épargner mes parents en supprimant leurs souvenirs ?

Il me restait encore tant de mystères à éclaircir.

Je mourais d'envie de découvrir la vérité. J'en avais besoin.

– Anna ?

Je me figeai. Quand est-ce que je m'étais remise à marcher ?

– Oui ?

– Encore quelques pas et tu vas atteindre le piège à ours, me dit Sam en désignant un tas dans la neige.

– Ah. Merci.

– Ça va ? me demanda-t-il.

– Oui.

Penchée en avant, j'inspectai le piège à ours. L'avait-on manipulé, déplacé ? Sous mes gants, mes doigts commençaient à geler.

– Où veux-tu qu'on aille ?
– Je pensais à l'Indiana, répondit Sam.
– Pourquoi on n'irait pas plutôt vers le nord ?

Même sans le voir, je sentais son regard posé sur moi. J'en avais la chair de poule.

– Non, déclara-t-il d'un ton sans appel.

Je soupirai, repris mon chemin. Comment le convaincre qu'en savoir plus sur nos passés nous serait bénéfique ? Mais quand il avait une idée en tête, il n'en démordait pas. Sa seule et unique priorité : notre sécurité, ce qui impliquait de s'éloigner le plus possible de l'Agence. Bien sûr, je désirais moi aussi rester en vie, mais à quoi bon une vie à laquelle il manquait tant de morceaux ?

Et après s'être évadé du labo, Sam n'avait-il pas bravé tous les dangers en fouillant son passé ?

Bien sûr, un élément essentiel motivait ses actes. Expliquait tous les risques que Sam avait pris avant d'être enfermé dans le labo de la ferme, et ceux qu'il avait pris ensuite pour tenter de résoudre les indices qu'il s'était laissés.

Dani.

La sœur dont on m'avait privée.

L'ancienne petite amie de Sam.

Dani avait joué un rôle important dans la vie de Sam. Et même s'il refusait de l'admettre, il cherchait lui aussi les réponses aux questions entourant sa mort.

Évidemment, j'étais bien consciente du fait que j'étais amoureuse de l'ex-petit ami de ma sœur. Si elle était encore en vie, Sam et moi ne serions pas ensemble.

En savoir plus sur elle me fournirait des informations sur moi, ma famille, mon passé. Mais j'avais peur : et si cette quête avait pour résultat final de rapprocher Sam de Dani ? Et si cela faisait rejaillir la culpabilité qui s'immisçait parfois dans mes pensées ?

Étais-je prête à le perdre ? Non, certainement pas.

3

Nick se gara devant le supermarché, orientant le SUV vers la sortie au cas où nous aurions besoin de fuir rapidement. Par habitude, je balayai le parking et la rue du regard, m'attardant sur tout individu suspect.

Une femme avançait d'un pas rapide sur le trottoir, un enfant derrière elle. Tous deux marchaient courbés pour se protéger du vent.

Un homme aux cheveux gris bondit de sa voiture et se précipita dans une papeterie. Un pick-up aux vitres teintées roulait lentement devant l'épicerie. Cela aurait pu m'inquiéter mais la neige avait rendu la chaussée glissante et tout déplacement à plus de cinquante kilomètres à l'heure impossible. Néanmoins, Nick et moi suivîmes la voiture des yeux jusqu'à ce qu'elle disparaisse au coin.

– C'est bon ? demandai-je.

Il observa les alentours une dernière fois dans le rétroviseur avant de sortir la clé du contact.

– C'est bon.

Recroquevillée sur moi-même à cause du froid, je me dépêchai d'entrer dans le supermarché. Une fois à l'intérieur, j'attrapai un chariot et Nick me rejoignit.

En silence, nous empruntâmes la première allée, là où se trouvaient les articles soldés. Sam avait encore de l'argent en réserve, mais ce n'était pas une raison pour le dépenser sans compter, surtout pour acheter de la nourriture. Au pire, nous pourrions toujours en voler, ce qui n'était pas le cas d'une arme à feu – qu'il est autrement plus difficile de dérober sur une étagère de station-service.

Au bout de la rangée, je m'arrêtai un instant devant les vêtements d'hiver. Je m'astreignais à courir tous les jours mais, avec le froid, c'était de plus en plus éprouvant. J'avais très vite les poumons en feu, la gorge serrée, et j'étais incapable de parcourir mes cinq kilomètres réglementaires.

J'attrapai un tour de cou et l'examinai. Le vêtement se résumait à un simple bout de tissu en polaire, mais nul doute qu'il me tiendrait chaud.

Je le déposai dans le chariot.

– Pourquoi tu achètes ça ? me demanda Nick.

– Pour m'aider à courir.

D'un geste brusque, il le reposa sur le rayon.

– Ça ne te servira à rien, au contraire. Tu crois que l'Agence va attendre que tu mettes ton – il parcourut l'étiquette – tour du cou avant de te courir après ?

Je contemplai l'étoffe avec regret. Nick avait raison, bien sûr, ce qui m'énervait encore plus.

Au milieu du magasin, Nick disparut, mais je ne pris pas la peine de le chercher. De toute manière, j'étais bien mieux sans lui. Je remplis le chariot du nécessaire, me félicitant pour mon efficacité. Sam exigeait qu'on ne passe pas plus d'une demi-heure au supermarché. Dans le rayon des condiments, je rayai le ketchup et la moutarde de ma liste tout en les déposant dans mon chariot puis entrepris de trouver du beurre de cacahuètes. Mais ils n'avaient pas ma marque préférée, ce qui me mit de mauvaise humeur.

– Je peux vous aider ?

Je me retournai. Un jeune homme en uniforme du supermarché se tenait derrière moi. Son badge m'indiqua qu'il s'appelait Brad.

– Euh... Je cherche du beurre de cacahuètes Mountain Valley mais je n'en vois pas sur l'étagère.

Le jeune homme me sourit, révélant une dent cassée.

– Je vais voir si on en a en stock. Un instant.

Il attrapa le talkie-walkie à sa ceinture.

– Lori, tu peux rechercher un article pour moi ?

Un grésillement accueillit sa question et une femme lui répondit :

– Donne-moi le code-barres.

– Laissez tomber, ce n'est pas la peine, dis-je en reculant discrètement.

Le temps pressait et il fallait encore que je retrouve Nick et qu'on paye. Qui sait comment réagirait Sam si nous nous absentions plus d'une heure...

– Ça ne prendra qu'une seconde, m'assura Brad avant d'énoncer une série de chiffres à sa collègue.

J'observai les deux extrémités de l'allée l'une après l'autre. Sam insistait toujours sur le fait de bien connaître son environnement.

– Article épuisé, lança la femme dans le talkie-walkie. Faut attendre la livraison.

– OK, merci, lui répondit Brad, puis il me regarda. Je suppose que vous avez entendu.

– Oui, lui dis-je en souriant. Merci d'avoir vérifié.

Je m'éloignai avec mon chariot mais Brad me suivit.

– Tu es nouvelle en ville ? Je ne t'ai jamais vue. Tu vas à Bramwell High ?

– Non. Enfin, si, je viens d'arriver, mais je suis des cours à domicile. Enfin, avant. J'ai terminé.

Ce qui était faux, il me restait encore quelques mois avant d'obtenir mon diplôme.

– Cool, dit Brad en raccrochant son talkie-walkie à sa ceinture.

Il enfouit ses mains dans ses poches et avança les épaules. Il était bien plus grand que moi, environ un mètre quatre-vingt-cinq. Comme Sam.

– Tu habites dans le coin ?

Sa question me surprit et tous mes sens se mirent en alerte. Se montrait-il simplement amical ou travaillait-il pour l'Agence ?

Heureusement, Nick apparut à mes côtés et répondit à ma place.

– Non, elle n'habite pas du tout dans le coin. Viens, Frannie, il faut qu'on y aille.

Frannie ? râlai-je. *C'est tout ce qu'il a pu trouver comme prénom ?*

– Oui, Gabriel, j'arrive, répondis-je.

Nick plissa les yeux. Gabriel était un de ses noms d'emprunt, on l'avait découvert en consultant son dossier. Il détestait ce prénom. « Tout à fait le genre de mec à qui on a envie de filer des claques », avait-il dit.

Brad nous observa, Nick et moi.

Cas avait un jour comparé Nick à un requin se faisant passer pour une panthère, et je trouvais que ça le résumait bien. Nick n'était pas commode, ce que la plupart des gens remarquaient assez vite, surtout qu'il ne s'en cachait pas.

Comme en ce moment.

Brad enfouit sa tête dans ses épaules. Consciemment ou pas, il faisait le dos rond.

Il devait penser que Nick était mon petit ami, idée que j'avais envie de réfuter au plus vite. Mais alors que je m'apprêtais à clarifier la situation, Nick passa son bras autour de mes épaules et me serra contre lui, et ma mise au point me resta coincée dans la gorge.

– Euh... Encore merci pour ton aide, lançai-je tandis que Nick m'éloignait de là.

– Pas de problème, répondit Brad d'une voix timide.

Dans l'allée suivante, je m'écartai violemment de Nick.

– C'était vraiment nécessaire ?

Il attrapa un paquet de céréales d'un rayon et le jeta dans le chariot.

– Quoi donc ?

– Ce que tu peux être insupportable, soupirai-je.

– Et toi, alors ? répondit-il en examinant un emballage de muesli. Et pourquoi tu parlais à ce mec ? Tu sais que c'est interdit, Frannie.

– Ça va, je ne suis pas une gamine, Gabriel, dis-je en serrant les dents. Je voulais juste du beurre de cacahuètes. Et je me débrouillais très bien jusqu'à ce que tu arrives. Je suis plus intelligente que tu ne le crois.

– Peut-être, mais tu n'es pas aussi bien entraînée que nous.

Vrai, mais j'avais fait beaucoup de progrès. Je craignais par-dessus tout d'être un boulet.

Une fois les courses terminées, nous gagnâmes la seule caisse ouverte. La caissière était une jeune fille à peine plus âgée que moi, avec des cheveux noirs méchés de rouge et deux piercings – la lèvre inférieure et le sourcil gauche.

En voyant Nick, elle sourit.

– Bonjour, vous allez bien ? demanda-t-elle à Nick, révélant au passage un piercing sur la langue.

Bien que souvent grognon, Nick pouvait devenir charmant quand la situation l'exigeait – et apparemment, la situation l'exigeait.

Il posa un coude sur le tapis roulant, contracta les muscles de son bras, inclina la tête sur le côté et sourit.

– Ça va bien, et toi ?

– Ouais, mais qu'est-ce qu'on s'emmerde, ici, répondit-elle.

Nick éclata de rire – un rire grave, viril.

– C'est clair, c'est complètement nul.

– Carrément, dit-elle en levant les yeux au ciel et en entrant dans son jeu. Moi et mes copines, on va en boîte tous les week-ends dans la ville voisine. C'est plus sympa, là-bas.

Nick se pencha davantage vers elle.

– Vous allez où ?

– En général, on va au DuVo. C'est top.

« Top » ? Qui parle encore comme ça ?

Le montant s'afficha alors sur l'écran et je lui tendis quelques billets.

– Peut-être que j'irai faire un tour, dit Nick.

– Tu devrais, répondit-elle en me rendant la monnaie. On y sera demain soir, sans faute.

– Comment tu t'appelles ? demanda Nick, en baissant les yeux comme s'il cherchait à lire son badge – sauf qu'il en profita pour admirer ses seins.

– Teresa.

– À plus tard, Teresa, sourit-il, et elle lui sourit en retour.

Je ramassai les sacs de courses, encore plus agacée que tout à l'heure. (Oui, c'est possible.)

Après avoir balancé les sacs dans le coffre du SUV, je me glissai sur le siège passager.

– Mais comment tu fais ?

Nick inséra la clé dans le contact et le moteur gronda.
– Comment je fais quoi ?
– Comment tu fais pour paraître normal ?
– Des années d'entraînement.
– Tu comptes vraiment aller dans cette boîte de nuit ?

J'avais posé la question sans réfléchir, mais je m'aperçus que la réponse m'importait. Nick et moi avions beau ne pas nous entendre, je ne voulais pas qu'il parte, même brièvement. L'union fait la force, et notre petit groupe n'était pas une exception à la règle, si dysfonctionnel soit-il. Personne d'autre ne pouvait comprendre ce que l'on avait enduré, ce qu'on endurait encore chaque jour.

Je m'accoudai à la portière et regardai dehors, prétextant une certaine indifférence.

– Peut-être, dit-il en sortant du parking. Mais ça ne te regarde pas.
– Si, ça me regarde. On n'est pas supposés se séparer.

Il fronça un instant les sourcils.

– C'est débile, et tu le sais. Je peux très bien me débrouiller seul.
– Au risque de te faire tuer.
– Eh bien, au moins, ça m'évitera ce genre de conversation, grommela-t-il.

Je soupirai. Bien sûr, nous avions chacun parfaitement le droit de quitter le groupe.

Mais l'idée que l'un d'entre nous en aurait envie ne m'avait jamais traversé l'esprit.

4

Adossée à la tête de lit, la couverture remontée sur les cuisses, je posai mon journal sur mes genoux et le feuilletai. Mes doigts se couvrirent d'une pellicule de graphite.

Soudain, m'arrêtant sur un croquis d'un garçon aux yeux ambrés, je ressentis un pincement au cœur.

Trev.

Le quatrième cobaye du labo de la ferme, sauf que lui était un agent infiltré de l'Agence. Depuis le début. Mon soi-disant meilleur ami m'avait trahie au moment où j'avais eu le plus besoin de lui et m'avait visée avec son arme.

Je fermai les yeux, ravivant ce souvenir. Certaines nuits, il m'arrivait de rêver qu'il appuyait sur la détente.

Il me manquait. Enfin, le Trev dont j'étais si proche me manquait. Plus que je n'aurais su le dire, d'ailleurs – surtout que je craignais de passer pour une traîtresse aux yeux des autres.

C'était vers Trev que je me tournais quand j'avais

besoin de parler. Notamment de Sam. Avec lui, je n'avais jamais eu l'impression d'être bête ou fragile, ou je ne sais quel autre complexe qu'on peut ressentir quand on grandit avec quatre garçons génétiquement modifiés.

Trev me traitait d'égal à égal.

Certes, l'Agence avait trafiqué sa mémoire, lui avait implanté de faux souvenirs – comme ils avaient fait avec moi. Il avait accepté de travailler pour eux uniquement parce qu'il croyait protéger un être aimé.

Et si quelqu'un pouvait le comprendre, c'était bien moi. Mais il nous avait trompés, avait mis nos vies en danger, et je trouvais ça difficile à pardonner.

Je pris un crayon et commençai à dessiner sur une page vierge, essayant de bannir toute pensée de Trev de mon esprit.

Les contours de ce croquis avaient surgi de nulle part quelques jours auparavant. J'ignorais ce qu'il représentait mais j'étais incapable de m'en débarrasser. Le coucher sur papier me semblait être la meilleure solution pour en comprendre le sens.

Je m'attelai d'abord au premier plan, parce que je le voyais clairement dans ma tête. Deux personnes sur un porche au crépuscule. Ils sont assis tout près l'un de l'autre, comme s'ils s'échangeaient des secrets.

À l'arrière-plan, une rangée d'arbres hauts et fins, semblables aux bouleaux du tatouage de Sam.

J'avais vu l'endroit correspondant au tatouage de Sam : un bout de forêt à proximité de la maison où j'avais grandi. D'ailleurs, ce porche, ces arbres... Ils me paraissaient familiers.

Étais-je en train d'évoquer un vieux souvenir ?

Une fois le dessin achevé, je le contemplai longtemps.

Les deux personnes assises sur le porche étaient une fille et un garçon. Le garçon était plus grand, plus âgé. Il avait les cheveux bouclés. Elle, les cheveux attachés en queue-de-cheval.

Cette fille, c'était moi.

J'en étais presque sûre. Je fermai les yeux et une odeur me parvint. Ça sentait la terre humide. L'été. Et ce garçon...

Tout de suite, je sus qu'il comptait beaucoup pour moi. Ou du moins qu'il avait beaucoup compté pour moi. Ce n'était qu'une sensation, je ne distinguais toujours pas son visage.

Malheureusement, j'ignorais trop de choses sur ma famille biologique pour savoir s'il en faisait partie. D'après les informations récoltées, je n'avais qu'une sœur : Dani. Était-il un cousin, un voisin ? J'avais besoin de réponses, j'avais besoin de déterrer mon passé.

Peut-être que quelqu'un quelque part savait comment Dani était morte. Avait connu ma famille.

Déplaçant le journal à côté de moi, je m'allongeai sur le lit et fermai les yeux, dans l'espoir qu'un souvenir me parvienne.

Je visualisai ma maison, les chambres, la cuisine, le porche à l'arrière.

Dans ma tête, je recréai la scène, cherchant à raviver les détails que mon crayon avait ratés.

Soudain, j'entendis des bruits de pas. J'ouvris les yeux.

Sam se tenait sur le seuil de la porte, une tasse dans chaque main.

– Hé, dis-je. Je croyais que tu devais monter la garde.

Il était tard, Cas et Nick étaient déjà couchés. Sam avait donc estimé plus important de venir me voir que de surveiller la maison. Un frisson de joie me traversa, jusqu'à ce que je remarque son air sombre. D'un coup, toutes mes autres préoccupations s'envolèrent.

Sam entra dans la pièce et ferma la porte derrière lui.

– Je t'ai apporté à boire.

Je pris la tasse qu'il me tendait. Il n'avait pas besoin de le dire, je savais qu'il s'inquiétait pour moi. Certainement à cause de mon erreur de ce matin, lors de notre patrouille. Perdue dans mes pensées, j'avais raté un piège à ours. La prochaine fois, ce serait un agent en embuscade ?

– Je vais bien, dis-je. Tu te fais du souci pour rien.

Il s'assit au bord du lit, soupira.

– Anna, aucun de nous ne va bien, dit-il en posant sa tasse sur la table de nuit. Je suis le premier à avoir eu des flash-back, je sais ce que c'est. Et je sais aussi ce que ça fait d'interrompre le traitement. En plus, les médicaments que tu prenais étaient différents des nôtres, qui sait comment tu vas réagir ? On n'a pas d'élément de comparaison. Je veux simplement m'assurer que ça va. Parce que si ce n'est pas le cas...

— Je présenterais un risque.

Il resta silencieux.

— Je vais bien, répétai-je. Je te le promets.

— Tu mens, me dit-il sans me regarder.

— Tu t'inquiètes pour rien.

Je bus une gorgée de café et posai ma tasse à côté de la sienne sur la table de nuit.

Tout à coup, il me sauta dessus.

Il m'agrippa le poignet, me coinça le bras dans le dos et me plaqua sur le lit. L'instant d'après, il était sur moi et m'immobilisait.

Alors que les ressorts du lit grinçaient et rebondissaient, je repris ma respiration et analysai la situation.

Il me testait.

Et j'avais échoué.

Je ne m'étais pas défendue. Je n'avais pas riposté. Je n'avais pas réagi.

Il se pencha vers moi, le visage grave.

— Tu ne vas pas bien.

— Je ne vais pas me battre contre toi. Je sais que tu ne me feras pas de mal.

— Tu n'as pas le temps de te demander si l'autre est un ami ou un ennemi. Tu as suivi des cours d'autodéfense pendant des années. On t'entraîne depuis des mois. Ta première réaction devrait être de te battre, peu importe ton agresseur.

Je m'humectai les lèvres et Sam baissa les yeux, ce qui me fit rougir.

Il se détendit, se décala à peine. Saisissant l'occasion, je cambrai le dos et il perdit l'équilibre, bascula sur le côté. Sans hésiter, j'accompagnai le mouvement. En deux secondes, j'étais sur lui.

Enfin, il me sourit. Ça ne lui arrivait pas souvent et je trouvais ça incroyablement sexy.

– C'est mieux ? demandai-je en haussant un sourcil.
– Oui, mais il faudrait quand même qu'on parle de...

Je l'embrassai. Il se raidit d'abord mais ne me repoussa pas, et ses mains descendirent dans le bas de mon dos. Tout en me serrant contre lui, il posa ses lèvres sur ma mâchoire, sur mon cou, ma clavicule.

Une planche grinça sur le palier.

Nous nous sommes figés. Mon cœur battait la chamade, à la fois d'excitation – être collée à Sam me procurait des sensations incroyables – et d'appréhension.

Sam attrapa une arme à feu planquée sous le matelas et tira doucement sur la sûreté, faisant monter une balle dans la chambre. À genoux par terre, je saisis l'arme que j'avais cachée sous le sommier.

Son arme à la main, Sam se plaqua contre le mur, en position d'éclaireur, et je me postai de l'autre côté de la porte. Je saisis la poignée, la tournai. La porte s'ouvrit en silence. Sam avait enduit de graisse tous les gonds et les pênes du premier étage justement pour que l'on puisse se déplacer sans bruit.

Je comptai jusqu'à trois dans ma tête – Sam fit de

même. À trois, il pivota vers le couloir, son arme pointée devant lui, et les muscles de ses avant-bras se raidirent. Je lui emboîtai le pas, évitant la planche rendue fragile par un vieux dégât des eaux. Elle craquait quand on posait le pied dessus et j'avais appris à l'enjamber.

Dans la cage d'escalier, il s'arrêta. Une silhouette traversa le rayon de lune qui s'immisçait dans le salon. La porte d'entrée couina puis se referma.

Sam descendit deux marches.

Je le suivis, restant près du mur.

Il s'accroupit et me fit signe de ne pas bouger pendant qu'il scrutait le salon à travers les barreaux de la rampe.

Une seconde plus tard, il leva le pouce. Rien à signaler.

Descendre les dernières marches me parut prendre un temps infini. En bas, nous nous séparâmes. Sam partit sur la gauche, où se trouvait la salle à manger, et je me rendis dans le salon à droite.

Sachant qu'il était vide, je me précipitai vers les fenêtres et tirai sur le rideau.

Dehors, il n'y avait que notre voiture. Aucun signe de l'Agence.

Mais quelqu'un s'éloignait de la maison.

Je sifflai et Sam accourut à mes côtés.

– Regarde, chuchotai-je.

Sam jeta un œil par la fenêtre.

– C'est Nick, constata-t-il. Qu'est-ce qu'il fait ?

Il glissa son arme dans son dos, ouvrit la porte

d'entrée et dévala les marches du perron. Ne portant qu'un débardeur et un short, je pris le temps de mettre mon manteau et mes bottes avant de sortir à mon tour.

De gros flocons tombaient du ciel. La nuit était calme, presque trop, la neige se chargeant d'étouffer le moindre bruit, au point que chacun de mes pas me paraissait résonner comme le tonnerre.

– Où est-ce que tu vas ? demanda Sam à Nick.

– Je sors, répondit Nick sans s'arrêter.

– Nick, attends ! lançai-je en les rattrapant. Tu ne veux pas revenir à la maison, qu'on discute ?

– Discuter ? répéta-t-il en se tournant vers moi d'un air agacé. C'est bien le problème, Anna. Tout ce que tu veux, c'est parler.

– Peut-être parce que tu refuses de le faire, répliquai-je tout en essayant d'empêcher mes dents de claquer. Je vis avec toi depuis deux mois et je ne sais toujours rien sur toi. Sauf que tu es un crétin et...

Il approcha son visage du mien et je tressaillis.

– OK, parlons. Par quoi on commence ? Par le fait que je ne sais plus ce qui est vrai et ce qui ne l'est pas ? Que j'ai tellement de flash-back que j'ai l'impression de perdre la raison ? Ou peut-être que tu préfères que je te raconte que tous mes flash-back se terminent par des cadavres. Des gens que j'ai tués ! Tu n'as pas idée de ce que l'Agence nous a obligés à faire. Et tu ne veux pas savoir !

Sam se glissa entre nous.

– Arrête, dit-il à Nick. Elle essaye simplement de t'aider.

– Je n'ai pas besoin d'aide, répondit-il sans me quitter des yeux. Je n'ai pas besoin de vous.

Il se redressa et repartit en direction de la route.

– Ce dont j'ai besoin, c'est d'espace.

– Combien ? Un kilomètre ? Un comté ? Un État ?

Nick fourra ses mains dans ses poches.

– Autant que possible !

Je me tournai vers Sam.

– On va simplement le laisser partir ?

– Oui, répondit-il en hochant la tête. S'il a besoin d'air, on va lui en donner. De toute manière, on ne le fera pas changer d'avis.

Alors que Sam rentrait dans la maison, je restai dehors. Les jambes engourdies, les doigts congelés, je suivis Nick des yeux.

Au bout de l'allée du garage, il disparut, avalé par la nuit et la neige.

Quand je rentrai, Sam avait repris son poste de surveillance en bas et je montai me coucher. Je me blottis sous ma couverture, espérant m'endormir rapidement pour ne pas avoir à penser à Nick.

Prenant de grandes respirations, je me détendis. Mais à peine avais-je fermé les yeux que des voix résonnèrent dans ma tête et qu'une lueur blanche éclatante surgit derrière mes paupières.

Je connaissais la suite : un flash-back.

Des cris.

Une couverture rose par terre.

Une boîte à bijoux sur la commode.
Un garçon à côté de moi sur le lit.

– *Ça va ? me demanda-t-il.*
Je passai ma main sur mes yeux. Je pleurais, et je ne voulais pas qu'il me voie pleurer comme un bébé.
Il se pencha vers moi.
– Anna ?
– Pourquoi est-ce qu'ils se hurlent dessus ? demandai-je.
– Sam est en colère après ta sœur, et ta sœur est une...
Il s'interrompit, et je sentis son regard sur moi. Il respira un grand coup.
– Laisse tomber, reprit-il en se raclant la gorge. Tu veux voir un truc que ma mère m'a appris ?
Je reniflai, m'essuyai le visage.
– Quoi ?
– Tu as du papier ? Je vais te montrer.
Les voix s'estompèrent. Je me levai, sortis une feuille de papier du tiroir de mon bureau. Une feuille rouge avec des cœurs. Je la lui tendis et il ricana gentiment.
– Quoi ?
– Rien, dit-il en posant sa main sur ma tête. T'es vraiment une fille.

– Anna ?
Une main m'agrippa l'épaule, me secoua.
– Hé, réveille-toi.
J'ouvris les yeux et croisai ceux de Sam, que la lune

éclairait faiblement. J'avais le sentiment que des heures s'étaient écoulées depuis que je m'étais couchée.

– Quoi ? coassai-je.
– Tu pleurais.

Je touchai ma joue. Elle était humide.

– J'ai dû faire un mauvais rêve, répondis-je.

Par-dessus son épaule, je vis que la porte de la chambre de Cas était ouverte.

– C'est Cas qui monte la garde ?
– Oui.
– Tu veux bien t'allonger à côté de moi ?

Il acquiesça et fit le tour du lit. Je l'entendis poser son arme sur la table de nuit, sentis le matelas bouger alors qu'il vérifiait que l'autre était bien en place. La même routine, tous les soirs. Ça me rassurait.

Après avoir enlevé son T-shirt et s'être glissé sous la couverture, il enroula un bras autour de ma taille, me serra contre lui et planta un baiser sur mon épaule dénudée.

– Bonne nuit, murmurai-je.
– Bonne nuit.

Je me rendormis, et aucun flash-back ne vint troubler mon sommeil.

5

Deux jours. Nick était parti depuis deux jours. Il n'avait même pas pris la peine d'appeler. Et mon angoisse grandissait chaque seconde un peu plus.

Nick et moi avions appris à nous tolérer, mais nous n'étions pas amis. Quand bien même, je voulais qu'il rentre à la maison. J'avais besoin de le savoir en sécurité.

À l'aide d'un médicament altérant, l'Agence nous avait manipulés pour que l'on tisse entre nous des liens très forts, que personne d'autre ne pouvait comprendre. Ils entendaient créer une unité parfaite, soudée, capable de suivre les ordres d'un chef sans poser de questions.

Et ce chef, c'était moi. Les garçons m'obéissaient, malgré eux. Même quand ils n'en avaient pas envie – ce qui était surtout vrai pour Nick.

Nous suivions depuis des semaines l'évolution de l'emprise que j'exerçais sur eux. Quand l'idée avait été lancée, Nick s'était montré le plus enthousiaste. Il avait surtout envie d'être débarrassé de moi.

Tous les mercredis matin, nous sortions dans le jardin afin de procéder à deux séries de tests. D'une part, étaient-ils capables d'ignorer mes ordres ? D'autre part, étaient-ils capables de ne pas réagir même si j'étais en danger ?

Le médicament altérant agissait en effet sur ces deux aspects. Depuis le début, les garçons ressentaient le besoin inexplicable de me protéger – c'était en quelque sorte un dispositif de sécurité, pour qu'ils ne s'en prennent pas à moi s'ils découvraient que je pouvais les contrôler.

Compte tenu de la fréquence de ses flash-back – un signe de sevrage –, Sam devait être le moins affecté par le médicament. Nous commençâmes nos expériences par lui. Lorsque je lui donnai un ordre, il se contenta de me regarder.

Puis je plaquai une arme sur ma tempe.

Cas réagit en premier. Il me fit un croche-patte, m'agrippa le poignet et saisit l'arme au vol. Nick le rejoignit une seconde plus tard et m'attrapa avant que je ne tombe.

Sam ne bougea pas.

Les deux premières semaines, Cas et Nick obéirent au moindre de mes commandements. Sauter à cloche-pied. Glousser comme une poule – un grand moment, pour Nick.

La troisième semaine, Cas cessa de m'écouter.

La quatrième semaine, Sam me menaça avec une arme et Nick lui sauta dessus.

La cinquième semaine, Nick refusa de continuer.

C'était ça, mon excuse, pensai-je. Si je voulais que Nick soit en sécurité, c'était à cause du médicament altérant. Pour autant que je sache, ce lien factice entre nous existait toujours.

Pour quelle autre raison aurais-je souhaité à ce point qu'il soit à mes côtés ?

Pendant mon temps libre, quand je ne m'entraînais pas avec Sam, je parcourais les fichiers contenus sur la clé USB que Trev nous avait donnée lorsque nous avions fui l'Agence. Il avait volé ces fichiers dans l'intention de remonter dans notre estime mais je ne pouvais lui pardonner sa trahison.

Assise à la table de la cuisine, le portable allumé devant moi, je cliquai sur le dossier intitulé « Anna O'Brien ». Ce dossier en contenait une dizaine d'autres, dont certains que je n'avais encore jamais consultés. Mais ce matin, je rouvris le dossier « Famille O'Brien », là où je pensais trouver ce que je cherchais.

J'étais bien décidée à convaincre Sam de l'intérêt de faire des recherches sur ma famille. Après tout, nos passés respectifs étaient liés à Dani. En savoir plus sur elle nous permettrait certainement d'aborder l'avenir avec plus de sérénité.

Mais, par-dessus tout, j'avais envie de connaître ma grande sœur, même de manière indirecte. Tout me semblait bon à prendre.

Dani avait intégré l'Agence bien avant moi. Elle, Cas

et Nick avaient rejoint Sam au sein du programme pilote de manipulation génétique de l'Agence. Forts de leur réussite, les dirigeants de l'Agence avaient ensuite transformé les garçons en assassins. On avait même découvert des listes de contrats menés à terme – sénateurs, scientifiques, diplomates.

Je savais de quoi Sam et les autres étaient capables. Pour autant, je ne pouvais pas réconcilier l'image actuelle que j'avais de Sam avec celle d'un tueur à gages qui exécute ses missions de sang-froid.

Et imaginer ma sœur aînée faire la même chose était encore plus difficile. Certes, rien ne m'autorisait à penser qu'elle avait assassiné des gens, mais elle était forcément impliquée. De quelle manière ? Que savait-elle ?

J'avais lu et relu ces fichiers sans jamais trouver de réponses à mes questions. Cela ne signifiait pas pour autant qu'elles n'y figuraient pas, entre les lignes.

Je décidai de recommencer.

> Dani O'Brien : recrutée par l'Agence le 12 mars. Transférée à Cam Marie pour les premiers traitements. Sera intégrée à l'unité 1 le 22 mai.
>
> 28 avril : Dani répond bien au traitement. OB exige une révision du planning. Dani sera présentée à l'unité 1 cet après-midi.
>
> 29 avril : la présentation de Dani aux unités est un franc succès. Tous l'ont acceptée.
>
> 2 mai : les tests montrent que Dani a de meilleurs réflexes, plus de force et qu'elle vieillit moins vite.

Je parcourus la suite rapidement et ouvris la photo attachée au fichier. Dani se tenait devant un mur en brique blanc, les cheveux détachés. On aurait dit une photo d'identité, comme pour un badge d'entreprise.

Elle ne souriait pas mais ne semblait pas triste pour autant. À dire vrai, elle paraissait pleine d'espoir – une lueur brillait dans ses yeux.

Cette Dani-là ne ressemblait pas à celle que j'avais vue lors de quelques flash-back mineurs. Dans chacun de mes souvenirs, elle était fatiguée, débraillée, mal coiffée. Alors que sur la photo, elle semblait prête à se lancer dans une nouvelle aventure en trépignant d'impatience.

J'ouvris un nouveau dossier, celui-là intitulé «William O'Brien». Will était le frère aîné de mon père biologique. D'après ce que je savais, il était proche de ma famille. Sur la photo que j'avais de lui, visiblement prise à son insu, on le voyait traverser une rue quelconque, des lunettes de soleil sur le nez.

Il avait les cheveux couleur cannelle, comme Dani, coupés ras. Des taches de rousseur.

Si je me fiais aux informations contenues dans ces fichiers, il vivait encore. Mais il avait disparu six ans plus tôt sans laisser la moindre trace, pas même une amende pour mauvais stationnement. Était-il au courant pour l'Agence ? Savait-il qu'elle avait détruit nos vies ? Je gardais l'espoir qu'il se cachait quelque part et que je le trouverais, un jour. Il aurait certainement des réponses à mes questions.

Une tasse de café apparut devant moi. Me retournant, je tombai sur Sam. Il s'était lavé, rasé – ses cheveux étaient encore mouillés.

– Hé, dis-je en prenant la tasse.

Le liquide à l'intérieur était marron clair : beaucoup de lait et un peu de café. Cela faisait rire Cas, mais je l'aimais comme ça. Et j'aimais plus que tout le fait que Sam s'en souvienne.

– Hé, répondit-il. Tu as mangé ?

Non.

– Oui.

– Elle ment, lança Cas de la buanderie – depuis quand était-il là ?

– Comment tu le sais ? lui demandai-je.

Tout en enfilant une chemise bleu marine, Cas entra dans la cuisine.

– Parce que si tu avais fait à manger, je l'aurais senti.

L'horloge de l'ordinateur indiquait qu'il était presque midi.

– OK, concédai-je, je vais préparer un truc. Je crois qu'il y a de quoi faire des pâtes et...

Tout à coup, la porte d'entrée s'ouvrit avec fracas.

Cas et Sam sortirent leurs armes et se collèrent contre le mur mitoyen avec le salon.

Cachée derrière un vieux buffet, je calculai les mètres me séparant de l'arme à feu la plus proche. On en avait planqué une au fond d'une boîte de détergent vide dans la buanderie.

Cinq mètres, à tout casser.

Je pouvais y arriver.

– C'est moi, bande de débiles.

Nick.

Je sortis de ma cachette et me dirigeai vers l'entrée où Cas était en train de ranger une lampe de poche dans la commode.

– Et comment tu comptais t'en servir ? lui demanda Nick. Tu espérais m'aveugler à mort ?

– Tu veux que je te montre ? répondit Cas en ressortant la lampe et en la brandissant, le bras en l'air. Je parie que je peux t'assommer avant que tu aies le temps de me frapper.

Nick redressa les épaules, serra la mâchoire. Il réfléchissait. Parmi ces deux options, laquelle était la meilleure : rabattre son caquet à Cas ou s'écraser et faire preuve de maturité ?

– Je parie que non, dit-il enfin, et Cas sourit.

– Arrêtez, ordonna Sam en prenant la lampe torche des mains de Cas.

– Allez ! protesta Cas. C'était gagné d'avance !

– On n'a pas besoin d'un énième trauma crânien.

Il posa la lampe torche sur le manteau de la cheminée et se tourna vers Nick.

– Ça va mieux ?

– On peut dire ça, répondit Nick en s'asseyant sur le canapé. Je suis rentré plus tôt que prévu.

– Personne ne t'a obligé, dit Sam d'un ton neutre, sans rien laisser paraître.

– Non, admit-il. Il se frotta le visage, puis reprit : Asseyez-vous. Faut qu'on parle.

Sam redressa la tête, tout à coup aux aguets.

– À propos de quoi ?

Cas sautilla jusqu'à l'autre fauteuil et s'assit. Je pris place sur le canapé.

– Je suis sorti hier soir avec la fille qui bosse au supermarché de Millerton, poursuivit Nick en me regardant. Tu te souviens, celle avec les cheveux noirs ?

– Je ne suis pas près de l'oublier.

– On discutait, ce matin, continua-t-il en ignorant ma remarque, et elle a fini par me révéler que quelqu'un était venu au magasin et lui avait posé des questions sur Anna.

– Comment ça ? demandai-je en me penchant légèrement vers lui.

– Cette personne lui a demandé si elle t'avait déjà vue, si elle savait comment te joindre. Elle connaissait ton nom et possédait même une vieille photo de toi.

Sam se mit debout et fit les cent pas devant la cheminée, les bras croisés.

– La fille a pu te décrire son interlocuteur ?

Nick hocha la tête. Il semblait réticent, comme s'il avait déjà deviné l'identité de cette mystérieuse personne.

– Une fille de notre âge. Les cheveux auburn. Maigre. Un mètre soixante-quinze.

– Elle appartient à l'Agence ? demandai-je.

Les garçons restèrent silencieux un instant, puis Sam prit la parole.

– Un agent ne serait pas bête au point de te mentionner expressément à une employée de supermarché. C'est une petite ville, il y a de fortes chances qu'on soit vite au courant, sans parler du fait que ça peut alerter les autorités.

– C'était un message, dit Nick.

– Mais, si ce n'est pas un agent de l'Agence, continuai-je, perplexe, qui ça peut être ?

Cas se racla la gorge, me signalant que ce qu'il avait à me dire n'allait pas me plaire.

– On ne connaît qu'une seule fille de notre âge qui a des cheveux auburn et qui te chercherait, Bananna.

Nick et Sam échangèrent un regard. Sam hocha la tête, à peine.

– Qui ?

– Dani, répondit Sam.

Mon premier réflexe fut d'éclater de rire, mais ce n'était de toute évidence pas une blague. Tous les trois me dévisageaient d'un air inquiet, attendant ma réponse.

– Non, assénai-je. Dani est morte.

– C'est ce qu'affirme l'Agence, dit Sam.

– En qui on a toute confiance, ironisa Nick.

– Ça peut être n'importe qui. N'importe qui. Quelqu'un qui travaillait avant pour l'Agence. Quelqu'un qui connaît Trev.

Oui, je bafouillais, cherchant des explications plus ou moins plausibles. Mais ça ne pouvait pas être Dani.

Je n'y croyais pas une seconde.

– Le supermarché de Millerton est équipé d'un système de surveillance ? De caméras ? demanda Sam.

Nick et moi répondîmes en même temps :

– Oui.

Sam adressa un signe à Nick, qui se leva.

– Attendez, dis-je, vous allez où ?

– Visionner les enregistrements, répondit Sam en mettant son manteau.

– Je viens avec vous, déclarai-je tandis qu'il vérifiait que le chargeur de son arme était plein.

– Non. Quelqu'un te cherche. La dernière chose à faire, c'est de te montrer.

– Et comment tu comptes accéder aux enregistrements ?

Sam me regarda en haussant les sourcils, comme si je venais de poser la question la plus débile de la planète et qu'il se refusait de répondre.

– Et si on demandait simplement à les consulter ? Ce serait mieux que d'entrer par effraction, non ? poursuivis-je.

– Parce que tu crois peut-être qu'ils laissent n'importe quel client visionner leurs enregistrements ?

– Laisse-moi venir, insistai-je. J'ai une idée mais tu auras besoin de moi.

– Anna, soupira-t-il.

– Allez, Sammy, laisse-la t'accompagner, dit Cas en s'approchant de moi. Elle s'est parfois montrée utile.

Un instant, j'hésitai entre remercier Cas et le fusiller

du regard. Mais je me contentai d'implorer Sam en silence.

– D'accord, concéda-t-il. Mais au premier signe de danger, tu t'en vas. Tout de suite. Sans poser de questions.

– OK, répondis-je.

Il se dirigea vers la porte.

– Et n'oublie pas ton arme.

Ne voulant pas lui donner l'occasion de partir sans moi, j'attrapai l'arme la plus proche – celle dans la buanderie – et me dépêchai de le rejoindre.

6

D'après Trev, la meilleure façon de mentir, c'était de dire la vérité autant que possible.

– Je n'ai pas de nouvelles de ma sœur depuis des années, expliquai-je au manager du supermarché, tout en me tordant les mains pour paraître encore plus désespérée. Et votre caissière affirme qu'une fille qui ressemble à ma sœur lui a posé des questions à mon sujet. Est-ce que vous pourriez nous montrer vos enregistrements vidéo ? pour que je voie si c'est bien elle ?

La manager, une femme d'environ quarante ans avec de longs cheveux noirs et des yeux marron, me dévisagea, puis examina Sam, qui se tenait juste derrière moi. Comme convenu entre nous, Sam jouait le rôle de mon petit ami. Nick montait la garde dans la voiture et Cas arpentait le supermarché.

– Je ne sais pas, répondit la femme, dont le badge indiquait qu'elle s'appelait Margaret.

Je la sentis vaciller et persévérai.

– S'il vous plaît ? Elle me manque tellement, dis-je, des trémolos dans la voix.
– D'accord, déclara-t-elle, et ses clés tintèrent dans sa main. On ne fait de mal à personne. Suivez-moi.

Elle nous conduisit à une porte près de l'entrée du magasin, à proximité des caisses. De l'autre côté se trouvait un bureau. Deux télés en noir et blanc retransmettaient les images des différentes caméras de surveillance du supermarché.

Margaret s'assit à son bureau et alluma son ordinateur.

– Vous savez quel jour est venue votre sœur ? me demanda-t-elle.

– Jeudi, répondis-je.

Sam se plaça à côté du bureau et croisa les bras. Sous son blouson, on pouvait deviner la présence d'une arme à feu, dans son étui. À l'époque où j'étais une fille normale menant une vie à peu près normale, apercevoir une arme me rendait nerveuse. Riley, le vice-directeur de l'Agence, celui qui nous gratifiait régulièrement d'une visite de routine au labo, avait toujours une arme sur lui. Peut-être que c'était pour ça que je l'évitais ? Entre autres. Riley était un homme visqueux et vicelard, prêt à faire n'importe quoi pour l'Agence. Il n'en questionnait ni l'existence ni le fonctionnement, ce qui le rendait encore plus dangereux à mes yeux.

Mon attitude vis-à-vis des armes à feu avait bien changé. Maintenant, détenir une arme me réconfortait. Et me déplacer sans me donnait le sentiment d'être nue, vulnérable. Surtout que Riley avait la fâcheuse habitude de débarquer à l'improviste.

Margaret cala l'enregistrement au jeudi, puis avança jusqu'à treize heures, heure à laquelle l'« amie » de Nick commençait sa journée de travail. Quelques personnes passèrent à la caisse. Une heure s'écoula.

Puis, enfin, nous vîmes ce que nous cherchions.

– Attendez, revenez en arrière, lançai-je.

Une fille correspondant à la description de Nick était apparue puis avait disparu. Je n'avais pas eu le temps de bien observer son visage mais j'en avais vu assez pour que les battements de mon cœur s'accélèrent. Une vive appréhension me saisit.

– Vous pouvez repasser la bande, s'il vous plaît ?

Margaret rembobina et appuya sur un bouton. L'enregistrement défila à vitesse normale.

Une fille aux longs cheveux détachés s'avança vers la caisse. Dos à la caméra, elle tendit quelque chose à la caissière. Une photo ?

La caissière l'examina et hocha la tête avant de lui rendre sa photo.

Elles échangèrent quelques mots puis la fille se dirigea vers la sortie, en plein champ de la caméra. Son visage se dévoila.

Je ne pus retenir un mouvement de surprise.

– Merde, marmonna Sam.

Des larmes m'inondèrent les paupières. Je clignai des yeux et plaquai ma main sur ma bouche pour retenir la vague d'émotions qui me submergeait.

Dani.

C'était elle.

Margaret nous observa par-dessus son épaule.

– C'est bien votre sœur ? me demanda-t-elle en souriant.

La réponse à cette question était simple, elle consistait en un seul mot que j'étais totalement incapable de prononcer, car cela revenait à ressusciter une morte. Soudain, je n'étais plus le seul membre encore vivant de ma famille.

Plus que tout, j'avais envie que ce soit vrai. Mais compte tenu de ce que j'avais vécu ces derniers mois, je restai prudente – *Attends*, me dis-je, *tu n'es pas sûre*. Il se pouvait que ce soit un piège. Un autre mensonge fomenté par l'Agence. Ils étaient capables du pire. Et si l'enregistrement avait été trafiqué ? Incruster le visage de Dani sur la bande ne devait pas être très compliqué.

Je ne pouvais pas me permettre d'espérer.

– Vous voulez que je demande à mon employée si la fille a laissé un numéro ? continua Margaret.

– Vous avez des caméras qui filment le parking ? intervint Sam en désignant l'écran.

– Euh, oui, mais...

– Vous pouvez me les montrer, s'il vous plaît ? À partir du moment qui suit directement celui-là, avec la caissière.

– D'accord.

Margaret pianota sur son ordinateur et un nouvel enregistrement, en extérieur, remplaça le premier. Je vis Dani émerger du supermarché, traverser le parking et s'engager dans la contre-allée voisine. Elle ne disposait donc pas d'un véhicule. Ou alors, elle l'avait garé plus loin.

– Vous voulez que je rembobine ? demanda Margaret, les doigts au-dessus de son clavier.

– Attendez, dit Sam.

Une berline noire s'approcha de Dani. La porte côté passager s'ouvrit et un homme en sortit.

Dani marchait toujours, les mains dans les poches. Savait-elle qu'elle était suivie ?

Soudain, l'homme dégaina son arme, cachée dans sa veste.

– Oh mon Dieu ! s'écria Margaret.

Dani se retourna.

Avant que l'homme puisse réagir, Dani lui balança son poing gauche dans le nez. Il recula, à présent face à la caméra.

L'image avait beau être abîmée, je savais que l'homme en question était Riley. Un nœud se forma dans ma gorge.

Un autre agent descendit de la voiture. Il prit Dani à revers et lui donna un coup de pied à l'arrière du genou. Elle bascula en avant, et Riley en profita pour la frapper à la mâchoire avec la crosse de son arme. Du sang jaillit de sa bouche.

– Il faut qu'on prévienne quelqu'un, s'inquiéta Margaret.

Tremblante, elle tendit la main vers son téléphone,

renversant au passage un pot de crayons qui roulèrent sur le bureau et tombèrent par terre.

– Cette pauvre fille ! s'écria-t-elle. Et personne n'a rien vu ? Comment c'est possible ? Si ça se trouve, elle est morte...

Sam interrompit l'appel en cours. Margaret le regarda.

– Qu'est-ce que vous faites ?

– Écoutez-moi bien, dit-il en prenant gentiment le combiné de ses mains et en raccrochant. Vous ne pouvez parler à personne de ce que vous avez vu.

– Mais... Sa sœur...

Sam fit pivoter le fauteuil de Margaret pour qu'elle soit bien en face de lui – prisonnière, en quelque sorte.

– Cette fille n'est pas sa sœur, expliqua-t-il à l'improviste. C'est une fugitive recherchée par le gouvernement russe, et les deux hommes que vous venez de voir sont des agents infiltrés. S'ils savent que vous êtes au courant, ils s'en prendront à vous et à votre famille. Est-ce que vous comprenez ?

– Quoi ? Mais vous...

– Est-ce que vous comprenez ? répéta-t-il.

Les yeux écarquillés, les lèvres pâles, Margaret hocha la tête en silence.

– Vous devez effacer cet enregistrement, c'est clair ? exigea Sam.

Elle ne réagit pas.

– Margaret ?

– Oui, d'accord, dit-elle en tapotant sur son clavier. Mon Dieu, j'arrive pas à y croire.

– Margaret, reprit Sam en me regardant de travers. On doit partir. Est-ce que ça va aller ?

Elle renifla, les yeux rivés sur son écran.

– Oui, ça va aller. Enfin, je... Oui.

Sam hocha la tête en direction de la porte et je sortis en premier. Quelques secondes plus tard, il me rattrapa.

– Tu comprends maintenant pourquoi je préfère qu'on fasse les choses à ma manière ? me murmura-t-il.

Oui, je comprenais.

7

Arrivés au chalet une demi-heure plus tard, nous nous séparâmes, chacun ayant des tâches bien précises à remplir. Nick était responsable de l'ordinateur et de tous les documents que nous avions rassemblés sur l'Agence. Cas, de la trousse de secours. Sam, des armes. Moi, de la nourriture. Vérifier que nous ne laissions aucune trace de notre passage faisait aussi partie de ma mission.

– Parce que tu ne rates aucun détail, m'avait dit Sam en me confiant cette tâche.

J'avais prévu le coup et déjà rempli un sac de provisions, que j'avais rangé dans la buanderie. Je montai donc directement à l'étage afin de commencer mon inspection. D'abord, les chambres de Cas et de Nick, ensuite la salle de bains.

Nous faisions tous des efforts en matière de propreté et d'entretien, même si Cas oubliait souvent le règlement – à moins que ce ne soit de la fainéantise.

J'inspectai en dernier la chambre que je partageais

avec Sam et décrochai les trois croquis que j'avais punaisés au mur au-dessus de la table de nuit. Sur le premier, on voyait Cas et Sam jouer aux échecs, sur le deuxième, Nick en train de courir, et sur le troisième, Dani. Je ne savais pas où situer cette scène dans la chronologie de ma vie, mais j'étais certaine de ne pas l'avoir inventée. Assise par terre, elle me serrait dans ses bras et me caressait les cheveux.

Parfois, quand je fermais les yeux, je pouvais l'entendre.

– Anna ?

La voix de Sam me fit sursauter.

– Hé. J'ai presque fini.

Il hocha la tête et, s'arrêtant sur les dessins dans ma main, prit un air réservé. Coupable, même.

– On décolle dans dix minutes, dit-il sans me regarder.

L'instant d'après, il descendait l'escalier.

J'examinai le croquis à la lumière du jour. Sam ne commentait jamais mes dessins. Il ne parlait pas non plus beaucoup de Dani, en dépit du fait que j'étais sûre qu'il avait de plus en plus de flash-back la concernant et concernant leur vie d'avant. J'avais très envie qu'il se confie à moi. Je souhaitais connaître ses secrets, ses pensées, ses soucis.

Je glissai les croquis dans mon journal et déposai le tout dans ma besace. Ensuite, je passai en revue la commode, l'armoire et les tables de nuit. La mienne était vide et je contournai le lit pour ouvrir le petit tiroir de celle de Sam, me penchant pour bien voir à l'intérieur.

Vide – j'aurais pu m'en douter. Mais, en le refermant, je remarquai un bruit de papier froissé.

Je le rouvris. Ne voyant rien, je sortis le tiroir de son châssis et un morceau de papier tomba par terre. Posant le tiroir, je le ramassai. Il s'agissait d'une liste de noms écrits au crayon à papier par Sam. Certains avaient été barrés puis recopiés. D'autres étaient suivis d'un astérisque ou d'un point d'interrogation.

> Anthony Romna
> Joseph Badgley*
> ~~Sarah T.~~ Sarah Trainor
> Edward van der Bleek ?

La liste était longue, une page entière, et contenait au moins une trentaine de noms. Je la parcourus, au cas où je reconnaîtrais quelqu'un. Deux noms en bas m'interpellèrent. Ils m'étaient familiers.

> Melanie O'Brien ?
> Charles O'Brien ?

Mes parents.

Que faisaient mes parents sur une liste de noms rangée dans le tiroir de la table de nuit de Sam ?

– Yo, Anna ! lança Cas.

Je tressaillis et fourrai le morceau de papier dans ma poche.

– Oui ?

– On est prêts et tu n'as pas encore examiné le rez-de-chaussée, enchaîna Nick.

– J'arrive ! Désolée !

Bien qu'étant à l'étage, j'entendis Nick râler.

Je remis le tiroir en place et descendis.

Installée dans le SUV, j'observai une dernière fois notre troisième maison en deux mois. J'aurais aimé pouvoir dire que l'endroit allait me manquer, mais j'avais appris à ne pas m'attacher – pas la peine, on déménagerait de nouveau bien assez vite.

Sam démarra la voiture et recula. Cinq minutes plus tard, le chalet n'était plus qu'un point dans le rétroviseur.

– Et maintenant ? demanda Cas. Dani est en vie. Riley l'a retrouvée. Et ils savent qu'on est dans le coin.

– Ils se servent d'elle comme appât, dit Nick. Ils se doutaient bien qu'on découvrirait que quelqu'un s'intéresse à Anna, qu'on visionnerait les enregistrements.

– Ils ne pouvaient pas deviner que tu fricoterais avec la caissière à qui Dani s'est adressée, lançai-je à Nick en me retournant.

– Fricoter, gloussa Cas. C'est drôle.

– Bref, continua Nick, mâchoire serrée, ils parient sur le fait que tu vas partir à la recherche de ta sœur.

Je me recalai dans mon siège. À dire vrai, j'hésitais

sur notre prochaine étape. Avais-je envie de tout risquer pour pister une sœur dont je ne me souvenais pas et qui était en principe morte ?

Comment avait-elle survécu ? Pourquoi ne m'avait-elle pas retrouvée plus tôt ?

Me rappelant les coups qu'elle avait subis dans cette contre-allée à la sortie du supermarché, je grinçai des dents. Elle avait dû avoir peur, mal. Et s'ils étaient capables d'une telle violence en public, je n'osais imaginer ce qui devait se passer à l'abri des regards.

– Sam ? dis-je en pivotant vers lui. Qu'est-ce que tu en penses ?

Il ralentit en prévision d'un feu, changea de file – un instant, seul le bruit du clignotant résonna dans la voiture silencieuse. Puis il soupira.

– Nick a raison.

– Merci, dit Nick.

– Mais..., continua-t-il en me lançant un regard. C'est ta sœur. Si tu me dis que tu es prête à mourir pour la retrouver, je comprendrais.

L'étais-je ?

Je voulais en savoir plus sur ma famille, certaine que cela me permettrait de mieux me connaître. Mais que Dani soit encore en vie alors qu'elle était supposée être morte déclenchait toutes sortes d'alertes dans ma tête. Que comptait faire l'Agence avec ma sœur ? Où avait-elle passé les dernières années ? Et, par-dessus tout, savait-elle que j'étais avec Sam ? Si non, qu'allait-elle en penser ?

– Peut-être qu'on pourrait commencer par découvrir où ils l'ont emmenée, suggérai-je.

Sam tourna à gauche puis accéléra, éclaboussant le bas-côté de neige fondue et salée.

– Ouais, bonne idée, répondit Nick en faisant craquer ses articulations. On n'a qu'à appeler Riley et lui poser la question.

– Il suffit de demander, renchérit Cas. Riley, c'est mon pote. J'ai son numéro dans mes favoris.

– T'es vraiment qu'un crétin, persifla Nick.

– Ou alors, poursuivit Cas, on peut appeler Trev. Il nous a laissé un numéro de téléphone sur la clé USB. Autant s'en servir.

– Ce qui est une parfaite illustration de ta crétinerie, ricana Nick.

Sam me regarda brièvement.

– Tu veux t'engager dans cette voie ? me demanda-t-il.

Je me tournai vers la vitre passager et admirai les arbres enneigés.

– Trev nous aiderait sûrement, murmurai-je – comme si le dire trop fort rendait la chose impossible.

Qu'était-il devenu en ces quelques mois ? Avais-je envie de le savoir ? Plus que tout, j'avais peur qu'il refuse. Dans ce cas, ce serait sans appel : je l'aurais perdu pour de bon. Cette idée creusait un trou dans mon estomac.

– Il ne fera que nous piéger de nouveau, grommela Nick.

C'était une autre possibilité. Encore plus redoutable.
– Tu n'es pas obligé de nous suivre, répliquai-je.

Je voulais que nous restions unis – n'avais-je pas protesté quand Nick était parti deux jours ? Mais là, il s'agissait de ma famille. Si je ne pouvais pas sauver Dani, je ne valais pas mieux que l'Agence. Certes, je ne la torturais pas moi-même, mais l'abandonner à son sort, n'était-ce pas pire ? Pour parvenir à leurs fins, ils ne reculeraient devant rien.

Et, plus que tout, j'avais envie de la voir de mes propres yeux, de la voir en vrai.

J'avais une sœur quelque part. Nous étions liées.

Comment pouvais-je lui tourner le dos ?

8

Tenant le portable prépayé dans la main, je fixais l'écran. Sam était assis à côté de moi, Cas en face. Nous étions installés à une table au fond d'un petit café, l'Elkhorn Original. Tous les box près des fenêtres étaient libres, et offraient en général plus de tranquillité, mais s'extraire de là en cas d'urgence s'avérait assez compliqué. Encore un truc de Sam.

Nick faisait le guet assis sur un banc de l'autre côté de la rue. Je ne le voyais pas mais cela ne m'inquiétait pas. Bien que n'approuvant pas notre démarche, il n'avait pas protesté ni émis l'idée de partir. Un vote à la majorité. On avait gagné.

Trois tasses de café patientaient entre nous, mais nous n'en avions pas vraiment envie. Sam croqua le bonbon à la menthe qu'il avait dans la bouche.

– Quand il décrochera, s'il décroche, me dit Sam, tu auras deux minutes, pas plus. On ne peut pas prendre le risque d'être repérés. Pose-lui toutes tes questions et si ses réponses ne te conviennent pas, tu raccroches. Sans hésiter.

Sam s'approcha ensuite de moi mais je ne quittai pas le téléphone des yeux. Il glissa sa main sous la table et me serra le genou.

– Ça va bien se passer, promit-il.

Trev avait inclus dans la clé USB un document intitulé « En cas d'urgence ». Il s'agissait d'un fichier texte avec un numéro de téléphone, rien de plus. C'était ce numéro que je comptais composer.

Je plaquai le téléphone contre mon oreille. Mon cœur tambourinait si fort que je percevais à peine la tonalité d'appel. Trev avait été mon meilleur ami, celui à qui je pouvais parler de tout, avec facilité. Et maintenant, à l'idée d'entendre sa voix, j'avais envie de vomir. Peut-être aussi que je craignais que ce ne soit pas lui qui décroche. Si l'Agence apprenait qu'il nous avait aidés, ils lui effaceraient la mémoire ou le tueraient.

Et il ne méritait pas ça – quoi qu'il ait pu faire.

Cas s'agita sur sa chaise et heurta la table par mégarde, répandant du café un peu partout.

– Pardon, marmonna-t-il, gêné.

En même temps, à l'autre bout du fil, quelqu'un décrocha.

– Allô? dit Trev.

Je pivotai vers Sam, hochai la tête. Il lança le compte à rebours sur sa montre. Cas attrapa une pile de serviettes en papier pour nettoyer devant lui.

– Anna? dit Trev d'une voix pincée.

Je fermai les yeux.
— Oui, c'est moi.
Prends la conversation en main. Tu n'as que deux minutes.
— J'ai besoin d'un service.
Il resta silencieux un long moment, qui me parut durer plus de deux minutes. Ensuite, il soupira, marqua un temps, et enfin :
— Quel genre de service ?
— Dani est en vie, l'Agence l'a enlevée et j'ai besoin de savoir où ils la détiennent.
— Quoi ?
Un bruit de frottement me parvint dans le combiné, puis le grincement d'une porte qu'on ferme.
— Comment tu sais qu'elle est en vie ?
— On l'a vue sur l'enregistrement vidéo d'un supermarché.
— Et l'Agence, comment...
— Ils lui sont tombés dessus dans une contre-allée. Riley et un autre agent.
Trev jura. J'entendis le chuintement d'une bourrasque suivi d'un signal sonore, comme quand on ouvre une portière de voiture alors que les phares sont toujours allumés.
— Donne-moi une heure. Vous êtes dans le Michigan ?
Sam secoua la tête — il devait entendre notre conversation.
— Non, déclarai-je.
— C'est Sam qui t'a dit de répondre ça ?
Je restai muette. Il reprit :

– Retrouve-moi sur le champ d'éoliennes de Hart dans deux heures.

– On ne le retrouve nulle part, grogna Sam.

– Anna, continua Trev. N'appelle plus ce numéro, d'accord ? Il ne sert qu'une seule fois. Rencontrons-nous. D'ici là, je vais voir ce que je peux dénicher comme infos.

– Il est hors de question d'aller à ce rendez-vous, insista Sam.

Nos regards se croisèrent. Il secoua de nouveau la tête.

– OK, dis-je à Trev. Dans deux heures.

Il mit fin à l'appel.

– Putain, Anna ! s'écria Sam, les poings serrés. Je croyais avoir été clair. Nous n'irons pas à ce rendez-vous.

– Pas de problème, répondis-je en me levant. Tu n'es pas obligé de venir. Comme je l'ai dit à Nick, je peux me débrouiller toute seule.

Sam se leva. Il était tout près de moi et me dominait. Je sentis son haleine mentholée, perçus la colère dans ses yeux.

– Tu penses vraiment qu'on va te laisser y aller seule ?

Non. Raison pour laquelle je lui forçais la main. Mais j'avais besoin de mener cette affaire à son terme et j'étais prête à prendre de nombreux risques pour y parvenir.

– Je ne sais pas, répondis-je. Peut-être.

– Ouais, bien sûr, ricana Cas. Ça, c'est du chantage !

Sam plissa les yeux. Il avait bien compris la manœuvre.

– D'accord, dit-il. Mais puisque c'est ta mission, c'est toi qui vas en informer Nick.

Furieux, il se dirigea vers la sortie et je le regardai s'éloigner. À côté de moi, Cas hoquetait de rire.

– Nick va adorer !

Râlant intérieurement, je poussai la porte du café.

Nick accueillit la nouvelle comme prévu : avec dédain et mécontentement. Il était à présent assis sur la banquette arrière de la voiture et regardait par la vitre sans rien dire tandis que nous nous acheminions vers Hart, dans le Michigan. D'après le GPS, nous en avions pour plus de deux heures mais Sam roula légèrement au-dessus de la limitation de vitesse et comme l'autoroute avait été déblayée, nous parvînmes à destination à l'heure.

J'aperçus les éoliennes bien avant notre arrivée. Les pales se dressaient au-dessus des arbres dans le ciel gris. J'en comptai une quarantaine, qui s'étiraient sur tout l'horizon.

Un chemin de terre serpentait entre les éoliennes dans le champ plat et désert. Difficile de ne pas se sentir petit et insignifiant à côté de monstres pareils. La visibilité était bonne et nous repérâmes facilement la voiture de Trev à l'orée d'un sous-bois, garée sur un sentier menant à la sixième éolienne. C'était une berline de luxe noire toute neuve, aux vitres teintées et aux enjoliveurs chromés.

Trev se tenait adossé à la portière passager.

Dès que nous fûmes assez près pour que je puisse distinguer les traits de son visage, ma poitrine se comprima. J'étais plus que contente de le voir mais à ce sentiment de joie se mêla une soudaine appréhension qui m'obligea à vérifier que mon arme était bien en place.

Mon cœur lui faisait confiance. Mon cerveau, non.

Sam orienta la voiture vers la route principale puis s'arrêta.

Je sortis avant qu'il puisse m'accabler de toutes sortes de mises en garde.

Mes pas crissaient dans la neige. En m'apercevant, Trev s'écarta de la voiture. Il avait une enveloppe kraft coincée sous le bras.

Armes à la main, les garçons bondirent du véhicule en quelques secondes, d'un seul élan.

– Les gars, ça va ! dis-je.

Une dizaine de mètres me séparaient de Trev. Il avait l'air bien, en forme. Il portait un beau costume noir sous un imperméable de la même couleur. Une écharpe grise autour du cou, des gants en cuir noir, et des chaussures en cuir noir à la mode, étroites et pointues au bout.

Qu'il soit aussi élégant me surprit – même si je n'aurais pas su dire à quoi je m'attendais. Sûrement à ce qu'il soit en jean, qu'il soit triste. Pas à ce qu'il porte des vêtements chics, qu'il conduise une voiture de luxe, qu'il soit bien coiffé.

En vérité, je m'attendais à revoir le Trev que j'avais connu.

– Salut, dis-je.

– Salut.

Un long silence gênant s'ensuivit.

Trev se décida à parler en premier, d'un ton indiquant qu'on n'était pas là pour bavarder.

– J'ai pu rassembler des infos mais je n'ai pas trouvé mention de la présence de Dani. Je ne sais pas où elle se trouve. Je vous ai signalé un labo. À mon avis, si elle est quelque part, c'est là.

Il fit rebondir l'enveloppe sur sa paume gantée et détourna le regard. Son souffle formait des volutes blanches dans l'air.

– Je suis content de te voir, Anna.

J'avançai d'un pas prudent, comme si je m'approchais d'un chien domestique longtemps disparu.

– Tu as l'air différent.

– Toi aussi, dit-il.

– Pas autant que toi.

Il baissa les yeux.

– Oui, eh bien... Je n'ai pas de bonne explication à te fournir.

– Je n'ai pas droit à une de tes fameuses citations ? demandai-je en croisant les bras. Rien qui puisse me rassurer ?

– Ça changerait quelque chose ?

– Non, je ne crois pas.

Il hocha la tête. Il esquissa un léger sourire mais quelque chose derrière moi attira son attention et son sourire s'évanouit.

Nick nous rejoignit.

– On a déjà trop traîné, déclara-t-il. Donne-moi cette fichue enveloppe, qu'on puisse s'en aller.

Il s'arrêta à un mètre de Trev et tendit la main.

– C'est Anna qui m'a appelé, répondit Trev en plissant le front. C'est à Anna que je donne l'enveloppe.

Je devinai sans peine l'expression de parfait mépris à présent affichée sur le visage de Nick.

– Je vois que tu es toujours aussi con qu'avant, soupira Trev.

Nick frappa en premier mais Trev, anticipant son geste, se baissa. Il attrapa ensuite Nick par le poignet, pivota sur lui-même et le fit passer par-dessus son épaule. Nick alla s'écraser lourdement sur le sol gelé recouvert de neige.

Pour finir, Trev sauta sur Nick, lui enfonça son genou dans la poitrine et dégaina son arme.

– Range ton flingue, dit Sam.

Il se planta à côté de moi et brandit son arme. Cas l'imita.

Moi, je n'avais pas du tout réagi. Le Trev que je connaissais était calme, intelligent et préférait se battre avec des mots plutôt qu'avec des armes. Soit il avait beaucoup appris au cours de ces deux mois passés à l'Agence, soit il m'avait caché plus de choses que je ne le pensais.

– On n'est plus dans la même équipe, je le sais, dit Trev, qui s'adressait à Sam mais braquait toujours son arme sur Nick. Ce qui veut aussi dire que je ne suis pas obligé de supporter son fiel.

– Je ne suis pas sûr que Nick sache ce que « fiel » veut dire, se moqua Cas.

– Lâche-moi, aboya Nick.

Trev recula et rangea son arme dans son étui sous un pan de son imperméable.

Je ramassai l'enveloppe tombée par terre, retirai les trombones et l'ouvris. Elle contenait une liasse de papiers agrafés ensemble.

– Tu trouveras le nom et l'adresse d'un labo, m'expliqua Trev. J'ai inclus aussi les plans, pour que vous puissiez repérer les angles morts.

Sam s'avança et observa les documents par-dessus mon épaule.

– Tous les labos ont des noms tirés de l'alphabet grec, poursuivit Trev. Le nôtre, c'était le labo alpha. Le labo bêta a fermé avant même qu'on s'évade. Quelque chose au niveau du traitement n'a pas fonctionné. Ils n'avaient pas réussi à mettre au point un médicament altérant qui marcherait sur un autre groupe que le nôtre.

– Notre groupe ? dit Sam. Je ne sais pas si tu en as un jour fait partie.

– OK, soupira Trev en passant sa main dans ses

cheveux. Votre groupe. À la suite d'un incident, le labo kappa a aussi dû être fermé, peu de temps après son lancement.

– Quel genre d'incident ? demandai-je.

Trev secoua la tête.

– Je ne te le dirai pas. Il n'y a qu'un labo encore en activité à ce jour : delta. Si Dani est quelque part, je pense qu'elle est là.

– Tu es sûre qu'elle n'est pas au quartier général ?

– Oui. J'y étais hier. Si elle avait été là, je l'aurais su.

– Pourquoi, t'es le nouvel adjoint de Riley ? demanda Nick.

Un instant, je crus que Trev allait lever les yeux au ciel mais il se retint.

– Non. Je suis le directeur du département des ressources humaines.

– Directeur du département ? dis-je, stupéfaite.

– Des ressources humaines, répéta-t-il, comme s'il cherchait à amoindrir son rôle.

– Est-ce que Riley sait que tu nous as donné la clé USB ?

– Non.

– Il ne se doute de rien ? Je veux dire... Tu as vécu avec nous pendant cinq ans. Tu...

Je m'interrompis – un instant, j'eus peur d'être pathétique.

Trev me dévisagea. Dans son regard, je vis beaucoup de regret.

Une rafale de vent parcourut le champ. Les éoliennes grincèrent.

Je frissonnai.

– Il faut qu'on y aille.

– Je sais, acquiesça-t-il.

Je me retournai vers la voiture. Sam m'y attendait et tenait la portière passager ouverte. Nick et Cas me suivirent, se plaçant délibérément entre moi et Trev.

– Anna ? lança Trev.

Je m'arrêtai, le regardai par-dessus mon épaule. Allait-il me gratifier d'une de ses citations ? Je le souhaitais. J'avais besoin de savoir que le Trev que j'avais connu existait encore, caché quelque part sous ce costume sur mesure et cet imperméable de luxe.

– J'espère que tu vas la retrouver, se contenta-t-il de dire, et il monta dans sa voiture.

9

Sans endroit où se planquer, nous optâmes pour notre habituelle solution de repli : la Maison du pancake. Les restaurants de chaîne étaient des lieux sûrs. Il y avait en général du monde, ce qui nous permettait de passer inaperçus. En même temps, avec tous ces témoins, personne ne viendrait nous attaquer.

Cas et Nick étaient assis en face de Sam et moi. Cas avait commandé le plus gros plat possible et imaginable. Prétextant qu'il avait besoin de force. Des œufs, du bacon, des pommes de terre, des toasts, des pancakes. Sam, Nick et moi nous étions contentés d'un plat normal, ce qui pour moi se résumait à une omelette au fromage. Je n'avais pas vraiment faim.

Nick se pencha en avant. Si ce restaurant nous procurait à la fois sécurité et anonymat, ce n'était pas l'idéal en termes d'intimité.

– Est-ce vraiment nécessaire de le dire ? murmura-t-il. Je ne fais pas confiance à Trev.

Fixant vaguement l'espace entre Cas et Nick, je

réfléchissais. D'un côté, motivée par l'idée de rester en vie, j'étais d'accord avec Nick – ce que je ne lui aurais jamais avoué. J'avais déjà pris de gros risques en allant voir Trev, en acceptant cette enveloppe. Et si je persévérais, les garçons me suivraient. Je n'avais aucun doute là-dessus. Ce qui signifiait que je n'étais pas la seule concernée. Je les mettais aussi en danger.

– Et si c'était quelqu'un qui t'était proche ? dit Cas. Tu ferais n'importe quoi pour lui, non ?

– C'est pour ça que je ne suis proche de personne, ricana Nick.

– Moi, je lui fais confiance, dis-je en clignant des yeux. Trev aurait pu nous trahir à plusieurs reprises. Il aurait même pu nous tuer à plusieurs reprises, s'il l'avait voulu. Mais il ne l'a pas fait. S'il était à cent pour cent avec l'Agence, on ne serait pas ici, en train d'avoir cette conversation. On serait toujours dans ce champ d'éoliennes, entourés d'agents.

Tenant sa tasse par le bord, Sam prit une gorgée de café. Après l'avoir reposée, il s'affaissa légèrement et posa son bras sur le dos de ma chaise.

– Anna a raison. L'Agence n'a pas intérêt à faire traîner les choses. S'ils avaient voulu nous récupérer, ce serait déjà terminé. Trev en a eu maintes fois l'occasion. Moi, je pense que ça vaut le coup d'aller inspecter ce labo. Peut-être qu'il y en a d'autres dans notre situation.

Il redressa la tête et observa Cas et Nick. Les garçons partageaient un lien très fort qui leur permettait de communiquer en silence, à l'aide d'un regard, d'un clin d'œil ou d'un plissement des lèvres. Cette connexion datait de l'époque où ils travaillaient ensemble comme tueurs à gages, avant d'être enfermés dans le labo alpha.

Cas racla son assiette, s'essuya la bouche et jeta sa serviette sur la table.

– Ça fait des mois que j'ai pas botté les fesses de quelqu'un. Un peu d'action, c'est pas de refus.

– Tu risques quand même de devoir la supplier, marmonna Nick.

Cas éclata de rire.

– Eh, bien joué, Nicky !

Sam fit glisser sa main le long de ma colonne vertébrale, s'arrêtant en bas de mon dos. Je pivotai vers lui et nos genoux se heurtèrent sous la table.

– Tu es sûre de toi ? demanda-t-il.

– Oui, répondis-je en hochant la tête.

– Alors on devrait y aller, dit-il en désignant l'enveloppe kraft dans mon sac. Le labo delta est à quelques heures d'ici. Si on part maintenant, on y arrivera au petit matin.

Les garçons reculèrent leurs chaises pour se lever.

– Attendez, dis-je. Est-ce que je peux appeler mon père avant qu'on parte ?

Je ne lui avais pas parlé depuis plus de deux semaines. Notre relation était loin d'être parfaite, et ne l'avait jamais été. Pour autant, même s'il m'avait menti pendant cinq ans en se faisant passer pour mon père alors qu'il dirigeait le labo alpha, je le considérais comme un membre de ma famille. Il nous avait aidés à nous enfuir, deux fois, et m'avait soutenue quand j'avais affronté Connor au QG de l'Agence. Il avait même pris une balle pour moi.

– Sers-toi du plus ancien des portables, me dit Sam. On se retrouve dehors dans dix minutes.

– Dix minutes, OK.

Ils se dirigèrent en file indienne vers la sortie.

– Anna ? reprit Sam. Ne lui dis pas où on va.

– Promis.

Entendre la voix de mon père me ramena immédiatement à la ferme – je nous revoyais à la table de la cuisine en train de parler politique. À l'époque où tout était normal, du moins pour nous. À l'époque où nous étions en sécurité.

– Anna, quel plaisir d'avoir de tes nouvelles ! Est-ce que ça va ?

– Oui, dis-je en serrant le téléphone. Tout va bien. Je voulais juste m'assurer que toi, tu allais bien.

Il soupira.

– Ce n'est pas vrai, dit-il. Je le sens, ça ne va pas.

Toute la tension accumulée dans mes épaules se dissipa et je me tassai sur ma chaise. Mon père et moi n'avions jamais été proches, même quand nous vivions sous le même toit et que j'ignorais que ma vie était une mascarade. Et si mon père avait de nombreux défauts, il savait en revanche repérer un mensonge à des kilomètres.

– Est-ce que ça ira un jour ? demandai-je en me forçant à rire. Mais ce n'est pas pour ça que je t'appelle. Je voulais juste te parler. Quoi de neuf ?

– Eh bien... J'ai toujours autant de mal à dormir, mais il fallait s'y attendre. Pour le reste, mes blessures ont guéri. C'est simplement que je suis vieux.

Il rit, et son rire se transforma en quinte de toux.

– Pardon, dit-il ensuite. L'air ici est très sec.

L'air n'y était sûrement pour rien mais je n'insistai pas, choisissant plutôt de ramasser le sel éparpillé sur la table du bout du doigt.

– Alors, comment vont les garçons ?

Par la fenêtre du restaurant, je distinguai le toit de notre SUV et les têtes des garçons, qui m'attendaient patiemment.

– Pareil qu'avant, j'imagine. Cas ne peut pas s'empêcher de manger. Nick ne peut pas s'empêcher d'être désagréable. Et Sam...

Je laissai ma phrase se perdre. Si mon père n'était pas mon père biologique, il jouait quand même ce rôle dans ma tête. Je sentis le rouge me monter aux joues. Parler de Sam me mettait plus que mal à l'aise.

– Sam va bien, je conclus.

– Des problèmes avec l'Agence ?

– Non, mais...

– Mais quoi ?

– Tu savais qu'il existait d'autres labos ?

Un bruissement me parvint tandis que mon père changeait de position. Je l'imaginai tendre la main pour attraper une paille – il avait pris cette habitude quatre ans auparavant, quand il avait arrêté de fumer, et en mâchonnait à longueur de journée.

– Je m'en doutais un peu. C'était le but de tout le projet : de fabriquer d'autres unités comme vous.

– Combien ?

– Je ne sais pas.

J'avisai l'horloge au-dessus du comptoir. Mes dix minutes étaient presque écoulées.

– Vous n'avez pas l'intention d'aller les chercher, si ? me demanda-t-il. Ce n'est pas à vous de les sauver, de jouer aux justiciers.

– Non, répondis-je.

Ce qui était la vérité. Du moins, ce n'était pas notre principal objectif. Avant tout, je désirais trouver Dani. Sauver les autres, s'il y en avait d'autres à sauver, serait la cerise sur le gâteau.

– Alors pourquoi cette question sur les autres labos ?

J'avais très envie de lui parler de ma sœur. J'avais envie de me confier à quelqu'un. Mais Sam serait furieux et je craignais de mettre mon père en danger en l'impliquant, même indirectement.

– Je ne peux pas te le dire, tu le sais.

– Oui, soupira-t-il. Je sais.

– Je dois y aller.

– OK. Promets-moi que vous ferez attention, d'accord ? S'il te plaît...

– On fait toujours attention.

– Surtout toi, Anna. Sois prudente.

Une soudaine émotion me brûla les yeux. Je serrai les dents.

– Promis.

Nous nous saluâmes et je raccrochai. Le téléphone prépayé ne nous était plus d'aucune utilité, d'après Sam, et donc je le jetai dans mon verre à moitié vide de thé glacé avant de me précipiter vers la sortie. Je voulais atteindre le labo delta le plus vite possible, avant que Riley ou un autre ne s'en prenne à ma sœur et qu'elle ne meurt de nouveau.

10

Le labo delta se situait quelque part dans l'Indiana. Sam suivit les instructions du GPS jusqu'à ce que l'on soit à cinq kilomètres du labo puis s'engagea dans une longue allée menant à une entreprise de textile abandonnée et se gara derrière le bâtiment.

– On continue à pied, déclara-t-il.

Sam, Nick et Cas ouvrirent le coffre afin de se munir en armes. Pendant ce temps, je retirai mon manteau, que je posai délicatement sur le siège passager, et vérifiai le chargeur de mon pistolet, m'assurant qu'il était plein avant de le réinsérer dans la poignée. Ensuite, je glissai l'arme dans l'étui attaché à mon épaule et remis mon manteau, sans le fermer.

– Tu es prête ? me demanda Sam dont seule la tête dépassait de derrière le coffre.

J'enfonçai mon bonnet sur mon crâne. Il faisait froid, j'avais déjà les oreilles gelées. Au moins courir me permettrait de me réchauffer – j'avais hâte.

– Prête.

Cas apparut à l'avant du véhicule.
- Prêt, patron.
- Prêt, déclara Nick.
Nous nous élançâmes dans la forêt.

Quelques mois plus tôt, j'aurais été incapable de suivre Sam à la course. Depuis, je m'étais entraînée, tous les jours. Cela dit, Sam courait toujours plus vite que moi et je le voyais déjà s'éloigner.

Je comptais mes respirations, comme il me l'avait enseigné. Un, deux, trois, quatre. Un, deux, trois, quatre. Il s'agissait avant tout de trouver un endroit confortable à l'intérieur de soi, de rester concentrée. J'avais aussi découvert que je sous-estimais mes forces. Contrairement à ce que je croyais, j'étais capable de tenir bien plus longtemps, sur des terrains très accidentés. Mon corps n'allait pas me lâcher.

Nous progressions en formation en V. Sam devant, Nick et Cas sur son flanc gauche, moi sur la droite. Je courais presque aussi vite que Cas. Nous avancions en silence, comme des ombres. Je me sentais forte, motivée, déterminée, ce qui contribua à apaiser mon souffle.

Quand la végétation se fit moins dense, nous ralentîmes et bifurquâmes vers un groupe de sapins – les seuls arbres qui pouvaient encore nous cacher à cette époque de l'année.

Une maison se dressait devant nous.

À flanc de colline, entourée d'un immense balcon sur pilotis vide de tout mobilier, elle surplombait une rivière. À l'intérieur comme à l'extérieur, l'obscurité régnait.

– Qu'est-ce que tu en penses ? me demanda Cas.

– Ça a l'air désert, répondis-je.

– Cas, Nick, devant, dit Sam. Trouvez-moi le responsable. Anna, avec moi.

Nick et Cas hochèrent la tête et disparurent.

– On va aborder la maison par le nord, m'expliqua Sam. Afin de passer par l'entrée sous la terrasse.

D'après les plans que Trev nous avait fournis, le labo se situait au sous-sol.

Sam me fit signe d'avancer et nous grimpâmes en haut de la colline, nous cachant ensuite sous la terrasse. Il se plaqua contre le mur extérieur de la maison, à droite de la porte d'entrée. Je l'imitai, me positionnant à gauche et sortant mon arme. Les murs étaient glacials et je sentis le froid me gagner malgré mon manteau.

Sam avança la main et fit tourner la poignée. La porte s'ouvrit et un courant d'air chaud nous parvint. Il se figea. Je comptai jusqu'à dix. Rien. Aucun mouvement de l'autre côté. Pas d'alarmes. Pas de lumières.

Nous pénétrâmes dans ce qui ressemblait à un sas. Des crochets ornaient le mur en face de nous. Au-dessous, un banc. Quelques bûches dépassaient d'un seau en métal posé près de la porte. La pièce sentait le bois brûlé et la cendre.

Je tendis le cou afin d'observer le couloir devant nous, mon arme bien serrée dans ma main. Au bout se trouvait une porte blindée, à côté de laquelle était fixé un boîtier numérique.

Pour le moment, les indications sur le plan de Trev s'avéraient tout à fait exactes.

Sam agita la main, désignant le sous-sol. Il voulait qu'on inspecte les lieux avant de continuer.

Le sous-sol n'était pas très grand et il ne nous fallut que quelques minutes pour nous assurer que nous étions seuls. Sam se dirigea ensuite vers la porte du labo afin d'examiner le boîtier numérique.

– Je ne sais pas si je peux le pirater, me dit-il à voix basse. C'est un système de sécurité haute technologie, bien plus sophistiqué que ce qu'on avait à la ferme.

– Alors qu'est-ce qu'on fait ?

– On espère que Cas et Nick trouveront le directeur et qu'il nous donnera les codes.

– Comme ça ? ricanai-je.

– Je peux me montrer très convaincant, dit-il sans me regarder.

– Tu envisages de le torturer ? Pas question. Si le directeur est comme mon père...

– Tu veux récupérer ta sœur, non ? me demanda-t-il, croisant enfin mon regard. Eh bien, il nous faut un moyen d'entrer dans le labo. Tu préfères qu'on appelle Riley et qu'on lui demande le code ?

– T'es pas obligé de me parler sur ce ton.

– C'est pas ça, j'essaye seulement de...

Une porte s'ouvrit quelque part à l'étage et un faisceau de lumière envahit la cage d'escalier. J'agrippai mon arme.

– C'est nous, dit Cas. On a trouvé le responsable.

Je soupirai et rejoignis Sam en bas des marches, que Nick descendait en poussant le directeur devant lui. L'homme trébucha sur l'avant-dernière marche et Nick dut le rattraper par les aisselles pour qu'il ne tombe pas.

– Prenez tout ce que vous voulez, dit l'homme, la voix paniquée. Mon portefeuille est en haut. Je n'ai pas beaucoup de liquide mais vous pouvez prendre mes cartes de crédit et...

– On n'est pas là pour votre argent, l'interrompit Sam.

Contournant Sam, j'observai le directeur du labo delta. Il ne ressemblait pas du tout à mon père.

Pour commencer, il était plus jeune. La trentaine, une masse épaisse de cheveux blonds et un bouc bien entretenu. Il avait une cravate desserrée autour du cou et les trois premiers boutons de sa chemise étaient défaits.

– Ouvrez le labo, poursuivit Sam.

La détresse sur le visage du directeur laissa place à une méfiance teintée de curiosité.

– Je sais qui tu es, bafouilla-t-il.

Sam ne réagit pas.

– Sam. Et... Cas. Nick. Et... (Il posa ses yeux sur moi.) Anna.

– Comme ça, les présentations sont faites, dit Nick en secouant le directeur. Maintenant, ouvrez le labo.

– Je ne peux pas. Vous savez ce qu'ils me feront si je vous obéis ?

Nick frappa l'homme au genou. Il poussa un cri, s'écroula au sol et Nick lui tordit le bras, tirant sur son épaule au maximum sans la démettre.

– Vous savez ce qu'on vous fera si vous ne nous obéissez pas ? continua Nick.

L'homme se mit à pleurer.

– S'il vous plaît, ne me faites pas de mal. Je ne suis qu'un scientifique. J'enregistre des données, c'est tout.

– Alors ouvrez la porte, insista Nick en tirant davantage sur le bras du directeur.

– OK ! cria-t-il. OK ! Arrêtez, s'il vous plaît.

Nick regarda Sam, qui hocha la tête, et Nick relâcha le directeur. Ce dernier se recroquevilla sur lui-même quelques secondes en se tenant les bras.

Levez-vous, pensai-je. *Avant qu'ils ne changent d'avis.*

Je ne pouvais m'empêcher d'imaginer mon père à la place de cet homme. Bien que travaillant pour l'Agence, il ne méritait pas d'être torturé.

Enfin, il s'agenouilla et, s'aidant du mur, il se releva. En silence, tête baissée, il se dirigea vers la porte du labo et nous le suivîmes.

Il composa le code et la porte se déverrouilla en chuintant.

Arme en avant, Nick entra en premier puis Sam poussa l'homme à l'intérieur. Cas et moi fermions la marche.

Le labo était plongé dans le noir. Ne distinguant que

les cellules en face de moi – à grand-peine –, je repensai à toutes les choses que Sam m'avait apprises ces dernières semaines : *Qu'est-ce que tu ressens ? Quelles odeurs est-ce que tu perçois ? Détends-toi. Garde ton doigt près de la détente mais pas dessus, sauf si tu es prête à tirer. Fie-toi à ton instinct, tu ne peux pas te tromper.*

Mais même avec ces conseils en tête, je ne parvenais pas à me concentrer. J'avais le sentiment d'être de nouveau chez moi, et je m'attendais à voir mon père sur le bureau à ma droite, un tas de paille mâchonnée à côté de lui. Cas, dans la cellule la plus à gauche, avec son foutoir habituel. Nick, tout à fait à droite, qui m'ignore, comme d'habitude. Trev, à côté de Cas, en train de lire un livre. Sam, les mains appuyées sur la paroi vitrée, qui m'observe.

Un sentiment d'appréhension m'envahit.

Si l'on trouvait Dani ici, comment ma relation avec Sam allait-elle évoluer ? Cette incertitude formait un poids dans ma poitrine, m'empêchant de respirer. J'étais tellement préoccupée par mon passé, par ma famille, par l'idée d'en sauver le seul membre encore en vie, que je n'avais pas réfléchi à ce qui se passerait quand Sam reverrait Dani.

– Allumez les lumières, ordonna Nick.

Le directeur appuya sur un bouton du tableau de commande. Les plafonniers clignotèrent et s'allumèrent.

À la différence de notre labo, celui-ci disposait de six cellules et non de quatre. Au moins deux d'entre elles abritaient un garçon. Ils se tenaient à proximité des parois vitrées et portaient les mêmes bas de survêtement gris et T-shirts blancs que les garçons avaient revêtus pendant toutes ces années.

Ils étaient comme nous.

Cherchant Dani, j'examinai les autres cellules. Mais elles n'étaient pas éclairées.

– Est-ce qu'il y a une fille par ici ? demandai-je en me dirigeant vers le tableau de commande. Cheveux auburn ? Elle est peut-être un peu amochée. Dani. Est-ce que Dani est là ?

L'air terrifié, le directeur secoua la tête, écarquilla les yeux et leva les mains en signe d'apaisement. Comprenant alors que mon arme était dirigée sur lui, je la rangeai.

– Vous êtes sûr ?

– Il n'y a pas de Dani ici, répondit-il.

– Mais est-ce que vous détenez une fille ?

– Euh... bafouilla-t-il en s'humectant les lèvres. C'est-à-dire que...

Une latte de plancher grinça quelque part de l'autre côté du sous-sol. Nous nous figeâmes tous les quatre. Sam fit un signe à Cas et à Nick, qui se précipitèrent à gauche de la porte menant au couloir. Sam se posta à droite.

Je me glissai à ses côtés et tendis l'oreille. Des bruits de pas, qui se rapprochaient. Je fermai les yeux, me concentrai. Une personne. Une autre. Encore une autre. Et une quatrième. Le meneur du groupe modifia un instant son allure et je perçus comme un raclement métallique. Une arme à feu. Ils s'avancèrent, leurs pas mesurés me paraissant s'étirer à l'infini. L'arme à feu pénétra en premier dans le labo.

Sam attrapa l'arme par le canon, la repoussa et asséna un violent crochet du gauche à son propriétaire – un homme. Alors que l'arme rebondissait au sol, Sam agrippa l'homme, le tira vers lui et le projeta contre le mur de la troisième cellule. La paroi vitrée vibra sous l'impact et le garçon à l'intérieur recula.

Cas se jeta sur la deuxième personne à surgir dans le labo. Une femme, en tenue de combat – un pantalon épais, des bottes, une grosse veste noire rembourrée aux épaules et aux coudes, un gilet pare-balles.

Des agents.

Cas la frappa au visage. La femme s'écroula immédiatement, inconsciente.

Nick se jeta sur le troisième agent. Moi, sur le quatrième.

Je lui donnai un coup de pied à l'aine et enchaînai avec un autre coup de pied au menton. Il s'immobilisa et, quand je le repoussai, s'effondra par terre.

Un cinquième agent me fit un croche-patte par-derrière et je tombai sur le dos. Une violente douleur me parcourut l'échine et mon arme m'échappa de la main. M'attrapant un pied, l'agent m'entraîna ensuite vers la porte. Paniquée, je tentai de m'agripper à quelque chose mais ne parvins qu'à m'écorcher les doigts sur le sol en béton.

Dans le couloir, il me balança contre un mur de l'entrée. En retombant, je m'écrasai lourdement sur le banc et le seau en métal, que je renversai. Les bûches se répandirent par terre et j'en attrapai une, que j'abattis devant moi. L'agent esquiva. Je frappai une deuxième fois, frôlant cette fois-ci le haut de sa tête, mais alors que je m'apprêtais à réitérer, il me frappa au ventre.

Le choc me coupa la respiration et je me pliai en deux. L'homme se saisit de la bûche dans ma main et la brandit au-dessus de sa tête. Je courbai le dos, attendant la collision, quand un coup de feu résonna.

Un impact de balle se forma sur sa poitrine. Il tomba en avant et j'aperçus Sam derrière lui, qui baissait son arme.

– Merci, dis-je alors que la porte derrière moi volait en éclats.

– Va-t'en ! s'écria Sam en désignant l'escalier.

– Je ne vais pas te laisser !

Un groupe d'agents envahit la petite pièce. Je n'avais plus d'arme. Je n'avais rien pour me défendre.

– Merde, Anna ! hurla Sam.

Il me lança son arme au moment où un agent lui sauta dessus. Il l'évita et aplatit le talon de sa botte sur la cheville de son adversaire, la lui brisant. L'homme s'agenouilla et Sam le frappa à l'arrière de la tête. L'homme s'écroula.

J'attrapai l'arme sans peine, visai, tirai : un agent s'effondra, une balle dans le genou. Un autre agent me fonça dessus mais Cas, apparu à mes côtés, l'abattit, ainsi qu'un autre derrière lui, d'un simple coup de feu.

Je vidai mon chargeur.

– Sam !

Il me lança un chargeur plein sans me poser de questions. Je l'insérai dans la poignée et tirai sur un agent à proximité.

Cas se tourna vers moi et me sourit une demi-seconde, avant d'écarquiller les yeux et de brandir son arme dans ma direction. Soudain, un bras s'enroula autour de ma gorge et me tira en arrière. Pris de court, Cas ne vit pas non plus la femme aux cheveux noirs qui l'attaquait par-derrière. Elle le frappa dans le creux des reins et ses traits se tordirent de douleur.

Mon agresseur m'entraîna dans le couloir, disparut derrière un angle et ouvrit une porte. L'air froid de décembre me gifla le visage. Je donnai un coup de pied, effleurant son mollet. Je tenais toujours mon arme à la main. Si je parvenais à m'extirper de là, j'avais de bonnes chances de le descendre.

Voulant le frapper de nouveau, je glissai dans la neige et perdis l'équilibre. L'agent – un homme à en juger par la taille de ses biceps – m'agrippa le poignet et envoya mon bras cogner contre un arbre. Malgré la douleur, je serrai mon arme. Mais il recommença, encore et encore, et je finis par perdre toute sensation dans la main et par lâcher mon pistolet.

L'agent leva le genou, prêt à me casser le bras, mais je me tournai, me penchai en avant et balançai ma botte sur son aine. Il me repoussa et je roulai dans la neige, apercevant à quelques mètres de là la poignée noire en caoutchouc de mon arme. Je me précipitai dessus, basculai sur le dos, visai, tirai. L'homme tomba mais un coup de pied me fracassa en même temps la main et je lâchai de nouveau mon arme.

Un autre agent se tenait à ma droite. Désarmée, je n'avais aucune chance de m'en sortir.

Je me relevai et partis en courant. J'avais la gorge et les poumons en feu. Le terrain plat s'inclina et j'aperçus la rivière en bas de la colline. J'accélérai en direction du cours d'eau, qui me paraissait être la seule issue possible.

Parvenue sur la rive, je bifurquai à gauche et redoublai d'efforts, ignorant la petite voix dans ma tête qui me disait que je ne pouvais pas courir aussi loin, aussi vite.

Quelqu'un jaillit des fourrés à quelques mètres devant moi. Je reconnus l'agent qui m'avait frappée.

Il m'avait déjà rattrapée. J'étais morte.

Il me fonça dessus. Plantant mes deux pieds fermement dans le sol, je tentai un crochet du droit, qu'il évita sans difficulté ; il répliqua par un uppercut qui atterrit sous mon menton.

La violence du choc me fit vaciller et je tombai à la renverse dans l'eau glaciale.

Poursuivant sur sa lancée, l'agent se jeta sur moi, attrapa les pans de mon manteau et me sortit de l'eau.

Il me donna un coup de tête et je sentis ma nuque se

tordre tandis qu'une douleur aiguë me vrillait le crâne. Ma vision se troubla, mes mâchoires s'entrechoquèrent. J'étais incapable de penser.

Je clignai des yeux, essayant de me ressaisir. Soudain, l'homme sortit une seringue de la poche intérieure de sa veste, dont il arracha le capuchon orange avec les dents. Un instant, mes jambes engourdies par le froid se dérobèrent sous moi.

Rassemblant toutes mes forces, j'enroulai ma main autour du poignet de l'agent et le poussai en arrière, tentant de le déstabiliser. Mais il ne bougea pas, et je sentis s'éteindre mon dernier espoir. Je n'avais pas assez d'élan pour causer beaucoup de dégâts.

Il agrippa la seringue et la brandit en ma direction, comme un couteau.

Je me débattis, les pieds bien enfoncés dans la boue. Mais je n'étais pas de taille.

Je cherchai à mémoriser le visage de mon assaillant. Quand l'heure de la vengeance aurait sonné, je saurais par qui commencer.

Soudain, une ombre apparut dans mon champ de vision. Sam ? Cas ? Un autre agent ?

La seringue se planta dans mon cou ; je poussai un cri.

La silhouette s'approcha de nous, sans bruit. Qui était-ce ? Quoi qu'il en soit, l'homme agrippa la tête de l'agent et donna un coup sec sur la droite. J'entendis la nuque de l'agent craquer, vis ses yeux s'éteindre, et il s'écroula dans l'eau.

Le courant m'enveloppa les jambes et je perdis pied.
– Viens, me dit-on.

Deux mains gantées agrippèrent les pans de mon manteau et me tirèrent sur la rive. On me retira gentiment la seringue du cou.

De nouveau sur la terre ferme, je levai les yeux afin de voir lequel des garçons m'avait sauvée, mais ce n'était pas Sam, ni Nick, ni Cas.

C'était Trev.

– Qu'est-ce que tu fais ici ?

Je me relevai et observai ses vêtements – une tenue de combat, la même que les autres agents. Mon sang ne fit qu'un tour

– Mais... bredouillai-je.

Il avança les mains. Il portait un fusil d'assaut en bandoulière.

– Je ne vais pas te faire de mal.

Au loin, Cas cria mon nom.

– Qu'est-ce que tu fais ici ? répétai-je, de plus en plus terrifiée. Tu nous as tendu un piège ?

– Non, je te jure que non. Je ne savais pas qu'on allait venir ici cette nuit. Je viens de l'apprendre. Sitôt arrivé, je suis parti à ta recherche. Je...

Il s'interrompit, cherchant ses mots, comme il l'avait toujours fait. Un instant, j'avais retrouvé l'ancien Trev.

– Il se passe des choses étranges. Je n'ai pas tout compris mais... Fais attention, OK ?

– Anna ! appela Cas.

Je ne quittai pas Trev des yeux. Il m'avait sauvée.

Encore une fois, s'il avait voulu me piéger, je serais déjà aux mains de l'Agence, non ? De quelle autre façon pouvait-il se servir de cette situation à son avantage ? Aucune idée.

– Va les retrouver, poursuivit Trev. Mais ne leur dis pas que j'étais là. S'il te plaît.

Comme je ne répondais pas, il fit un pas en avant.

– Anna ? S'il te plaît ?

– D'accord, soupirai-je.

Il hocha la tête et agrippa la bandoulière de son fusil, comme s'il avait besoin de s'accrocher à quelque chose pour ne pas s'effondrer.

– Fais attention, répéta-t-il. S'il te plaît.

Ensuite, il s'évanouit parmi les arbres.

– Anna, c'est toi ? me demanda Cas quelques secondes plus tard.

– Oui, c'est moi.

– Ça va ?

Il repoussa une branche de pin et me rejoignit sur la rive.

J'étais trempée. Percluse de douleur. Frigorifiée.

– Oui, ça va.

– Alors viens, il faut qu'on se dépêche de retourner au labo.

Un sentiment de peur m'envahit. Était-il arrivé quelque chose à Sam ? À Nick ? Étaient-ils blessés ?

– Pourquoi ? Qu'est-ce qui s'est passé ?

– On a trouvé ta sœur.

11

Quand je revins au labo, les garçons déplaçaient les agents blessés dans la dernière cellule à gauche.

– Verrouillez-la, ordonna Sam au directeur, qui appuya sur une série de touches sur son tableau de commande.

La paroi vitrée glissa sur le côté, enfermant les agents à l'intérieur.

– Ouvrez les autres, dit Sam ensuite, et le directeur lui obéit, libérant les deux garçons que j'avais vus à notre arrivée.

J'observai les autres cellules. Un garçon patientait dans celle de droite. Il était grand, les cheveux roux coupés court, des taches de rousseur, un regard noisette qui me semblait plus méfiant qu'agressif. Il sortit avec prudence.

Dans la cellule voisine, une silhouette émergea de l'ombre.

Une fille, l'air inquiète. Elle se colla à la paroi et fit

une tache de buée sur la vitre. Elle avait des bleus sur la joue gauche et un œil enflé.

– Anna ? dit-elle, et sa lèvre inférieure se mit à trembler. C'est bien toi ?

– Ouvrez cette cellule, exigea Sam.

– Oui, j'essaye, désolé, répondit le directeur. Elle est arrivée hier et j'ai un peu de mal avec le code de verrouillage.

Toutes sortes d'émotions et de pensées me traversèrent l'esprit, me clouant sur place. Était-ce un rêve ? Un flash-back ?

– Ah, voilà, dit le directeur en tapotant sur diverses touches.

La cellule s'ouvrit et Dani se précipita vers moi, en larmes. Ses bras frêles s'enroulèrent autour de mon cou. Une odeur de savon me parvint.

Avec lenteur et maladresse, je passai mes bras autour de son cou et la serrai contre moi. Je me sentais bête. Elle tremblait comme une feuille.

– J'arrive pas à croire que c'est toi, dit-elle. Je te cherche depuis tellement longtemps.

Ses pleurs redoublèrent.

Je ne savais pas comment la réconforter.

Dani s'écarta enfin, posa ses mains sur mes joues. Elle me dépassait de quelques centimètres et devait peser cinq kilos de moins que moi.

– Est-ce que ça va ? me demanda-t-elle. Est-ce que tu...

Quelqu'un derrière moi attira son attention, et j'en déduisis qu'elle avait vu Sam. Ses yeux se brouillèrent de larmes de nouveau et elle se jeta sur lui, l'étreignant avec la même vigueur que pour moi.

– Tu l'as trouvée. Merci. Merci d'avoir veillé sur elle.

Elle l'embrassa sur la joue et Sam reporta immédiatement son attention sur moi afin de jauger ma réaction.

J'évitai de croiser son regard.

– On devrait s'en aller, dis-je.

– Ils vont nous envoyer une deuxième équipe dès que celle-ci va manquer à l'appel, renchérit Nick – pour une fois, il était d'accord avec moi.

Cas entreprit de débarrasser les morts de choses utiles et nécessaires – surtout des armes, quelques munitions.

– Est-ce qu'on les emmène ? demanda Nick en désignant les trois garçons qu'on avait libérés.

– Pour le moment, répondit Sam. Le temps qu'ils s'adaptent et apprennent à se débrouiller seuls.

Ce qui devrait nous permettre de les interroger.

– Tiens, me dit Cas en me tendant une veste en cuir noir. J'ai comme l'impression que tu as pris l'eau.

– J'aurais préféré éviter, dis-je en examinant le vêtement offert. Des traces de balle ou de sang ?

– Pas que je sache.

Que je vole des vêtements à des cadavres était tellement absurde que je refusai même d'y penser. J'enlevai mon manteau trempé et enfilai la veste. Elle était chaude, doublée en intégralité et cintrée, avec une énorme capuche. L'odeur pénétrante du cuir mélangée à celle d'un parfum féminin m'amena à m'interroger sur la personnalité de la femme qui l'avait portée. En se parfumant ce matin, elle ne se doutait certainement pas qu'elle mourrait dans un sous-sol avant l'aube.

Le garçon aux cheveux roux s'avança.

— Et Thomas ? demanda-t-il.

Il nous fallut quelques secondes pour comprendre qu'il faisait référence au directeur. Après avoir ouvert la cellule de Dani, Thomas s'était discrètement terré dans un coin, les mains bien en vue.

— Il était sympa avec vous ? demanda Sam.

— J'imagine, répondit le garçon en haussant les épaules. Il ne nous a pas fait de mal, si c'est ça que tu veux savoir.

De sa propre initiative, Thomas entra dans une cellule.

— Merci de m'épargner, dit-il alors que Sam, devant le tableau de commande, la verrouillait.

— Ne nous remerciez pas trop vite, répondit Sam. Vous ne savez pas ce que Riley vous fera quand il s'apercevra que vous avez perdu les unités.

À cette idée, Thomas s'affaissa sur lui-même. Riley n'était pas du genre à pardonner.

— Allez, on y va.

Avant de sortir, j'observai une dernière fois la femme dont je portais la veste. Je m'étais faite à l'idée de supprimer toute personne associée à l'Agence. Personne ne les avait forcés à s'engager et ils savaient dans quoi ils mettaient les pieds. Ce qui ne voulait pas dire que je ne nourrissais aucun regret.

Lors de notre évasion du QG de l'Agence, j'avais tué le

dirigeant. Connor. Sur le coup, cela m'avait paru facile. Mais par la suite, que de tourments...

Incapable de me débarrasser de son visage, je pensais à lui tous les jours. Combien de temps le visage de cette femme allait-il me hanter ?

Peut-être à jamais.

J'envisageai un instant de dire une prière ou quelques mots, histoire de libérer l'âme de la défunte – enfin, quelque chose qui exprimerait un sentiment de respect. Mais je ne trouvai rien de mieux que « Merci pour la veste », que je murmurai en sortant de la pièce.

12

Ayant pris l'habitude de vivre dans une vraie maison, l'idée de passer la nuit dans un motel me contrariait. La chambre était affreuse. Les draps étaient sales. Les fenêtres, scellées. Je transmis mes réserves à Sam, lui faisant remarquer que nous n'avions aucun moyen de nous enfuir. Il me répondit en grommelant que, pour cette nuit, ça irait.

Il nous répartit dans les deux chambres. Moi, Dani et le garçon roux dans la sienne. Cas, Nick et les deux autres garçons – Jimmy et Matt – dans l'autre.

Sitôt entré, le garçon aux cheveux roux, qui s'appelait Greg, s'installa sur une chaise dans un coin. Dani s'assit au bord du lit, face à moi et à Sam.

– Dis-nous tout, l'encouragea Sam.

– Je croyais que vous étiez morts. Tous les deux. Pendant longtemps, c'est ce que j'ai cru.

Elle prit une grande respiration, baissa les épaules.

– Je vis cachée depuis le jour où vous avez été capturés, expliqua-t-elle à Sam. On m'avait tiré dessus et l'Agence m'a laissée pourrir dans un champ, estimant sûrement que je me viderais de mon sang. Mais j'ai survécu. Et Anna...

Elle cligna des yeux et des larmes roulèrent sur ses joues. Elle les essuya d'un geste délicat de la main.

– Je pensais que tu avais été tuée en même temps que nos parents. Mais il y a deux mois, j'ai appris par l'intermédiaire d'une vieille connaissance à l'Agence que vous aviez refait surface, que vous vous étiez évadés d'un super-labo dans l'État de New York. J'ai repris contact avec d'anciens collègues de l'Agence et entamé des recherches. Elles m'ont menée jusqu'à toi, mais Riley m'a retrouvée avant. Je pense qu'ils envisageaient de se servir de moi comme appât.

– Oui, c'est logique, dit Sam.

Elle hocha la tête, sourit.

– Heureusement, vous m'avez sortie de là avant qu'ils aient pu mettre leur plan à exécution.

Je me rapprochai de Sam. J'avais très envie de lui prendre la main, ne serait-ce que pour me réconforter, mais le moment me semblait mal choisi. Dani n'était pas forcément au courant de notre relation ; comment allait-elle réagir ?

– Alors... Qu'est-ce qu'ils vous ont fait ? demanda Dani. Quand vous étiez au labo.

C'était une longue histoire, que je n'avais pas spécialement envie de raconter.

– En fait, je ne suis au courant de ton existence que

depuis quelques mois, dis-je. Avant, j'ignorais que j'avais une sœur.

– Ils ont modifié tes souvenirs, déclara-t-elle en fermant les yeux. Je suis vraiment désolée.

Elle se frotta le visage un instant, puis baissa les mains et me regarda.

– Je te suis totalement inconnue, alors ?

Sa question me mit dans l'embarras. Je l'avais revue lors de flash-back mais, d'une part, je ne savais pas s'ils étaient fiables et, d'autre part, je n'avais rien dit à Sam.

– En quelque sorte.

– Tu finiras par te rappeler, poursuivit-elle. Et je t'aiderai à combler tes lacunes, si tu as besoin.

– Merci.

– Et toi, enchaîna Sam en se tournant vers Greg, qui n'avait pas parlé depuis notre départ. Tu te souviens de ta vie avant le labo ?

– Non, répondit-il. Aucun de nous trois.

– Vous y étiez depuis combien de temps ?

– Six mois.

Ce qui était peu comparé aux nombreuses années que nous avions passées à la ferme.

– Autre chose qui pourrait nous être utile ?

Greg croisa les bras tout en réfléchissant. Il était très musclé – comme toute personne qui travaillait pour l'Agence.

– Rien ne me vient à l'esprit, dit-il. J'aimerais vraiment t'aider, mec. Je te suis très reconnaissant de nous avoir sortis de là.

Il se pencha en avant, ses coudes posés sur ses genoux.

– Tu es comme nous, c'est ça ? À toi aussi, on t'a administré un traitement altérant ?

– Oui, répondit Sam en hochant la tête. Est-ce qu'ils vous ont dit pourquoi vous étiez dans ce labo ?

– D'après eux, nous avions mal réagi au médicament et il fallait nous mettre en quarantaine. Apparemment, nous nous étions engagés à participer au programme avant de devenir amnésiques – amnésie provoquée par le traitement. Du moins, c'est ce qu'on nous a expliqué.

– Et tu y crois ? continua Sam.

– Non. Quand on est enfermé, on se pose vite des questions. Et quand ces questions ne trouvent pas de réponse, c'est qu'on ne nous dit pas la vérité.

– L'Agence ne connaît pas la signification de ce mot, renchéris-je. Si tu veux mon avis, ne crois rien de ce qu'ils t'ont dit. Ce ne sont que des mensonges.

Je levai les yeux vers Dani. Si on se fiait aux informations de l'Agence, elle était morte. De toute évidence, ce n'était pas le cas, ce que Riley et Connor savaient forcément.

Sans doute comptaient-ils se servir de ma sœur contre Sam et moi. La manipuler comme un pion.

Mais, pour le moment, elle était en sécurité.

L'Agence avait échoué.

Pendant que Cas surveillait les autres garçons, Nick nous rejoignit dehors.

– Alors ? demanda-t-il en mettant ses mains dans ses

poches. Vous en pensez quoi ? On peut leur faire confiance ?

Sam examina le parking. En plus du nôtre, un seul véhicule était garé. Le Nuva Boulevard Motel n'attirait pas vraiment du monde.

– S'ils ont été génétiquement modifiés comme nous, répondit Sam, alors oui, ils sont une menace. Sauf que je ne sais pas pour qui. Pour l'instant, ils sont plutôt de notre côté vu qu'on les a aidés à s'évader.

– On ne les a pas aidés à s'évader, râla Nick. On a fait tout le sale boulot.

– Tu vois ce que je veux dire, Nick.

– Il faut qu'on réfléchisse à la prochaine étape, intervins-je, avant qu'ils ne s'échauffent. On ne peut pas les trimballer avec nous. Ça fait beaucoup de monde à gérer.

– Je suis d'accord, déclara Nick.

– Mais on ne peut pas les relâcher comme ça dans la nature, observa Sam. Ce sont des tueurs à gages professionnels et amnésiques. En plus, on ne sait pas ce que l'Agence leur a fait subir.

– Tu crois qu'ils ont un chef programmé ? demandai-je.

Un instant, nous envisageâmes en silence cette éventualité.

– Si c'est Riley qui donne les ordres... commença Nick.

– On ne peut pas les garder avec nous, conclut Sam. C'est trop risqué.

– Et Dani ? demanda Nick.

– Eh bien ? dis-je.

– Elle était dans le labo. Qui sait ce qu'elle a reçu comme traitement. Peut-être même que cela fait partie de leur stratégie depuis le début. Si ça se trouve, elle a un traceur sur elle.

– Pas de problème, je vais aller vérifier, déclarai-je.

Sam remonta le col de son manteau et soupira.

– Dani reste avec nous, dit-il à Nick. On va tous les fouiller au cas où ils seraient pourvus d'un traceur et, demain matin, on explique aux garçons qu'on doit se séparer.

– D'accord, grommela Nick, mais le ton de sa voix laissait penser le contraire.

13

Tandis que Sam, Nick et Cas vérifiaient que les garçons n'avaient pas de traceur sur eux, je me rendis dans l'autre chambre afin de fouiller Dani.

Je fermai et verrouillai la porte. Dani patientait sur un des lits.

– Alors, par quoi on commence ? demanda-t-elle.

À la lumière blanche du néon de la chambre, ses cheveux paraissaient écarlates. Ses yeux, d'un vert tendre, me semblèrent moins agressifs.

Oui, elle était bien là. Ma sœur.

Pour autant, la réalité avait du mal à pénétrer dans mon cerveau. Je ne l'aimais pas, pas comme une sœur peut en aimer une autre. Je ne me souvenais pas d'elle, aucun lien n'existait entre nous, et j'avais beau savoir qu'elle était ma sœur, je ne sentais rien.

– Commençons par le haut. Ça t'embête d'enlever ton T-shirt ? demandai-je avec prudence.

– Non, rit-elle, ça ne me dérange pas. Tu m'as déjà vue toute nue.

Elle retira son débardeur d'un seul geste. En dessous, elle portait une simple brassière de sport noire. Son ventre était plat, musclé, ciselé. Elle était maigre et je voyais saillir ses côtes.

Elle me lança son T-shirt. Je passai mes doigts sur les ourlets puis sur le tissu, cherchant quelque chose de plat et de dur. Je ne trouvai rien.

En même temps, Dani examina sa brassière.

– Rien à signaler, me dit-elle.

– Cherchons des implants, alors.

Je m'approchai d'elle et elle se retourna, me montrant son dos. Je commençai par son crâne et ses cheveux, comme Sam me l'avait appris, cherchant du bout des doigts un objet étranger sous sa peau. Gagnée par un sentiment de nervosité grandissante, je tentai de me dépêcher. Des gouttelettes de sueur perlaient sur mon front.

– Sam n'a pas changé, dit Dani quand je lui demandai de lever les bras.

– C'est à cause des manipulations génétiques, expliquai-je. Ils vieillissent plus lentement que la plupart des gens. Dans ton dossier, j'ai lu que tu avais reçu toi aussi un traitement anti-âge. Tu le savais ?

– Oui. Je voulais dire que Sam n'a pas changé en tant que personne. Il a toujours les cheveux coupés court. Il est toujours plus à l'aise en jean et en chemise en coton. Il n'est pas du genre à porter une tenue de combat.

Les battements de mon cœur s'accélérèrent. Allais-je

enfin pouvoir poser toutes les questions sur Sam que je rêvais de poser ?

– Est-ce qu'il riait, à l'époque ? lui demandai-je tout en examinant ses côtes.

Elle haussa les épaules.

– Si tu veux savoir s'il était heureux, la réponse est non. Pas vraiment. Ou s'il l'était, il ne le montrait pas. Sam a toujours été très réservé.

Nous examinâmes son ventre. Rien. Puis son pantalon. Rien non plus, et j'inspectai ensuite ses orteils.

– Toi et Sam, vous êtes ensemble, non ?

Je relevai la tête. Ses yeux se voilèrent de tristesse.

– Qu'est-ce qui te fait dire ça ?

– Intuition féminine. Et puis... (Elle se détourna et les traits de son visage s'adoucirent.) Il ne te lâche pas.

Je me redressai. Dani avait considéré Sam comme son petit ami. Que devais-je en conclure, à présent ?

– Tu l'aimes toujours ? lui demandai-je.

– Oui.

Un nœud se forma dans ma gorge.

– Je ne savais pas... que vous étiez ensemble, bredouillai-je. Et après, il était trop tard.

– Tu n'as pas à t'excuser, répondit-elle. Je me suis faite à l'idée de le perdre il y a bien longtemps.

Elle croisa mon regard, me sourit.

– Au moins, je sais qu'il est en bonne main, reprit-elle en s'approchant de moi. Je n'ai pas l'intention de m'interposer entre toi et Sam. Tu n'as pas à t'inquiéter.

– Merci, répondis-je.

– Bon, finissons-en avant que Sam ne perde patience et ne débarque.

Elle rit, et son rire raviva en moi quelque chose d'ancien, de perdu, qui me fit tourner la tête. Je frémis.

– Anna ? continua-t-elle en m'observant. Ça va ?

Je clignai des paupières mais cela ne changea rien : j'y voyais flou et ça bourdonnait de partout.

– Qu'est-ce qu'il y a ? Tu veux que j'aille chercher Sam ?

– Non, répondis-je – sauf que j'avais à peine murmuré et elle ne m'entendit pas.

Était-ce un nouveau flash-back ? Mais pourquoi ici ? Pourquoi maintenant ?

– Je vais chercher Sam, déclara Dani en se précipitant vers la porte.

Je tentai de l'arrêter mais trébuchai et m'écroulai par terre.

Un bruit de papier froissé.
Une voix.
– Tu restes combien de temps ?

La question résonna dans ma tête. C'était moi qui la posais.

– Seulement ce soir, répondit Dani.

Le flash-back s'empara complètement de mon esprit. La chambre de motel s'évanouit, l'odeur de fer et de détergent disparut, remplacée par une odeur fumée et boisée de pin, de fleurs.

Nous étions dans une chambre. La mienne, pensai-je. Dans mon ancienne maison. Dans mon ancienne vie.

J'étais assise en tailleur sur le lit. Dani s'installa à côté de moi.

Voyant que je boudais, elle rit et cala une mèche de mes cheveux derrière mon oreille.

– Ne sois pas triste, moineau.

– Je n'aime pas quand tu n'es pas là. Papa est méchant et maman ne dit rien et ne fait rien. Je m'ennuie.

Elle se raidit.

– Comment ça, papa est méchant ?

– Je ne sais pas. Il crie beaucoup.

– Est-ce qu'il... (Sa voix se brisa.) Est-ce qu'il t'a frappée de nouveau ? Je veux dire, quand tu fais des bêtises ? Ou quand il est fâché ?

Je fronçai les sourcils. Je ne pouvais me souvenir d'une seule fois où mon père m'aurait frappée.

– Non. Je ne pense pas.

Dani soupira, se détendit et glissa son pouce sous mon menton.

– Je reviendrai te chercher. Je te le jure. Mais il faut que tu sois patiente.

– Je n'ai pas envie d'être patiente.

– C'est bientôt terminé. Sam va m'aider à te sortir d'ici. Ensuite, on partira à l'aventure.

Ses paroles me réjouirent.

– Est-ce que Nick va venir avec nous ?

– Pourquoi veux-tu qu'il vienne avec nous ? demanda-t-elle en levant les yeux au ciel. Il est tout le temps de mauvaise humeur.

– Je ne sais pas, répondis-je, soudain embarrassée. Il est gentil avec moi. C'est lui qui m'a montré comment fabriquer ça.

Je ramassai une feuille de papier pliée en forme de grue.

Dani attrapa la grue par la queue.

– Vraiment ? Eh bien, dans ce cas, peut-être qu'on devrait l'emmener. Peut-être qu'il peut nous fabriquer un bateau en papier pour qu'on traverse l'océan.

– Mais non, il coulerait.

Elle rit de nouveau, me caressa les cheveux.

– On ne sait jamais, moineau. Quand on veut vraiment quelque chose, parfois, ça arrive.

Mon front heurta quelque chose de dur. J'ouvris les yeux, vis Sam penché au-dessus de moi. Ma tête était posée sur sa cuisse. J'avais dû percuter son genou.

– Hé, dit-il.

– Qu'est-ce qui s'est passé ? demandai-je, encore dans les vapes.

– Tu t'es évanouie.

Il redressa la tête, le front plissé. Pivotant légèrement, j'aperçus Dani et les autres près du mur, et je réalisai que Sam soupçonnait ma sœur de m'avoir fait mal.

Je secouai la tête afin qu'il comprenne que ce n'était pas le cas.

Cas s'assit à côté de moi sur le lit et posa sa main sur ma jambe.

– J'ai proposé de te faire du bouche-à-bouche mais Sam a refusé. Je ne sais pas pourquoi. J'avais pourtant promis de ne pas mettre la langue.

Je gloussai. Sam, les sourcils toujours froncés, décrocha la main de Cas de mon genou, un doigt après l'autre.

– Je suis sûr qu'Anna apprécie ton dévouement, dit-il, mais elle n'avait aucun mal à respirer.

– Simple détail, souffla Cas en haussant les épaules.

J'observai les trois nouveaux. Me considéraient-ils comme fragile à présent ? J'espérais que non, ce serait terrible. Mais les deux qui partageaient la chambre de Cas et de Nick ne me regardaient même pas. Ils feuilletaient un magazine sur la couverture duquel figuraient une belle voiture et une fille à moitié dénudée.

Quant à Greg, il faisait part à Dani de sa brusque et soudaine envie de manger des hamburgers.

S'ils avaient de moi une mauvaise opinion, ils s'en cachaient bien. Du moins, pour le moment.

– Tu veux quelque chose ? me demanda Sam.

– Je ne sais pas, répondis-je en me frottant les tempes. J'ai très mal à la tête. Peut-être un peu...

Nick me lança une boîte entamée d'analgésiques. Cas m'apporta un verre d'eau.

– Merci, dis-je avant d'ouvrir la boîte.

Je fis descendre deux cachets avec une gorgée d'eau. Ces jours-ci, je me nourrissais essentiellement d'analgésiques. Combien pouvais-je en consommer avant de succomber ?

– Alors, des soucis avec les garçons ? demandai-je à Sam.

– Non, rien à signaler. Pas de traceurs, pas d'implants, apparemment.

– Tu as commencé à les briefer sur leur nouvelle vie ?

Il hocha la tête.

– Je vais emmener Greg au supermarché acheter des trucs de base.

– Super.

Je me relevai, et fus prise d'un vertige et d'une puissante envie de vomir. Je n'avais encore jamais enduré un flash-back aussi violent.

– Alors, qu'est-ce qui s'est passé ? me demanda Sam en s'approchant de moi.

Il glissa son bras autour de ma taille, sa main hésitant avant de se poser sur ma peau nue. Il jeta un œil à Dani pour voir si elle nous observait et je me rendis compte qu'il ignorait qu'elle était au courant de notre relation.

– Elle sait, murmurai-je. Pour nous.

– Tu lui as dit ?

– Elle le savait déjà.

Il plissa les lèvres, hocha la tête et détourna le regard. Parfois, je devinais facilement ce qu'il pensait ; d'autres fois, comme maintenant, j'avais le sentiment qu'il existait un mur de brique entre nous. Se sentait-il coupable ? Projetait-il d'en parler lui-même à Dani ?

Puis il pivota vers moi, m'interrogea de nouveau sur

les raisons de mon malaise, et je compris que le sujet Dani était clos.

– Je ne sais pas.

Il me dévisagea longuement, l'air peu convaincu, comme s'il me soupçonnait de lui cacher quelque chose.

– Tu ne te souviens de rien ?

Je souhaitais partager mon flash-back avec lui, mais pas maintenant, pas devant les autres. Plus tard, peut-être, si l'occasion se présentait.

– J'ai eu un vertige, c'est tout.

– Mouais.

Il se pencha vers moi et déposa un baiser sur mon front.

– Repose-toi pendant mon absence. Et ce n'est pas un conseil.

– À vos ordres, chef.

Je vis dans son regard qu'il ne trouvait pas ma plaisanterie amusante.

– Tu es prêt ? demanda-t-il à Greg. On y va ?

Greg se décolla du mur où il discutait toujours avec Dani.

– On revient dans une heure, annonça Sam. Personne ne quitte cette chambre, c'est compris ?

Un murmure d'assentiment lui répondit et je le regardai partir.

14

Un rayon de lune s'infiltrait entre les rideaux mal tirés et éclairait la moquette grisâtre. Ne parvenant pas à dormir, je comptais les fissures au plafond pendant que Sam respirait tranquillement à côté de moi. Dans l'autre lit, Dani dormait aussi, le visage tourné vers la salle de bains. Greg s'était installé par terre – il avait insisté.

J'avais des courbatures partout et je n'arrivais pas à trouver une position confortable.

Sam s'agita à côté de moi.

– Qu'est-ce qu'il y a ? me murmura-t-il.

– Rien.

– C'est faux, dit-il, d'un ton sans reproche.

Je soupirai, me frottai les yeux.

– Tout à l'heure... Je n'ai pas eu un simple vertige. J'ai eu un flash-back. Assez intense.

Il se redressa sur un coude.

– Pourquoi tu ne m'as rien dit ?

– Tu étais occupé et...

– Anna, me coupa-t-il. Il faut que tu sois honnête avec moi, ou...

– Parce que toi, tu es honnête avec moi ? ripostai-je tout en prenant garde de parler à voix basse. Tu ne me confies jamais rien. Tu n'as rien dit à propos du retour de Dani. Et je sais que ça te fait quelque chose. Tu étais amoureux d'elle.

– Qu'elle soit là ne change rien, répondit-il en inclinant la tête.

– Tu ne peux pas prédire l'avenir. Tu ne sais pas ce que sa présence va raviver comme souvenirs, comme émotions. Ça peut tout changer.

– Non.

Il se pencha vers moi, passa sa main dans mes cheveux. Il m'embrassa une première fois, tendrement, puis une seconde fois avec davantage d'empressement.

Me collant à lui, je tirai sur son T-shirt mais il m'empêcha d'aller plus loin. Je remarquai alors la constellation de bleus sur son torse et son ventre.

Il était en plus mauvais état que moi.

– Ça va ? Ça ne te fait pas trop mal ?

– On m'a tiré dessus, chuchota-t-il. Ce ne sont pas ces quelques bleus qui vont m'arrêter.

– Sauf que tu essayais de me les cacher, comme toujours, fis-je remarquer.

– Parce que je savais que tu t'inquiéterais.

Dans la pénombre, nos regards se croisèrent. J'esquissai un sourire.

– Oui, tu as raison. Je m'inquiéterais. Mais j'ai le droit. Parce que je t'aime.

Il éloigna une mèche de cheveux qui traînait sur mon front puis posa sa main sur ma joue. Je fermai les yeux. J'adorais qu'il me touche. Le moindre frôlement – intime ou pas – mettait tous mes sens en éveil. Comme s'ils ne pouvaient vraiment s'épanouir qu'au contact de Sam.

– Moi aussi, je t'aime, dit-il. Maintenant, essaye de dormir. Si tu as des flash-back, tu vas avoir besoin de repos.

Nous nous enroulâmes l'un dans l'autre, mon dos enfoncé dans son torse, son bras autour de ma taille. Je glissai mes doigts entre les siens et les serrai.

Je m'endormis rapidement.

Le lendemain matin, peu après l'aube, nous nous rassemblâmes dans le parc à proximité du motel. L'herbe était recouverte d'une couche de neige fraîche qui scintillait au soleil.

Les garçons du labo delta avaient chacun un sac à dos. Sam leur avait aussi acheté un manteau d'hiver.

– Merci beaucoup, dit Greg à Sam, en lui serrant la main. Est-ce qu'on a un moyen de vous joindre à l'avenir ? Au cas où on se souviendrait de quelque chose ? Ou si on a besoin de votre aide ?

– J'ai enregistré un numéro dans vos téléphones prépayés, répondit Sam.

– Merci, murmurèrent-ils.

– Et encore merci de nous avoir sortis de là, ajouta Greg.

– Vous allez me manquer ! déclara Cas en sautillant d'un pied sur l'autre.

– Mais tu les connais à peine, dis-je.

– Et alors, ils vont quand même me manquer.

Il s'avança et leur serra la main tout en les tapotant dans le dos.

– À la prochaine, les gars.

Il leur adressa ensuite un salut militaire. Les garçons éclatèrent de rire et le saluèrent à leur tour.

Dani les étreignit elle aussi.

– Je ne vous ai pas fréquenté longtemps mais je sais que vous êtes du bon côté. Surtout, soyez sur vos gardes, OK ?

Greg lui sourit.

– Nous so...

Soudain, l'expression sur son visage changea complètement. Son sourire disparut et il laissa son sac tomber par terre. Matt et Jimmy l'imitèrent.

– Greg ? reprit Dani. Quelque chose ne...

Il la frappa. Un coup de poing sur la joue. Elle bascula en arrière.

– C'est quoi, ce bordel ? s'écria Cas alors que Jimmy lui sautait dessus.

– Et merde, marmonna Nick.

Greg entreprit de le cogner mais Nick esquiva le coup et Sam intervint, le frappant au niveau du ventre. Greg recula, cherchant à reprendre sa respiration.

Je me précipitai aux côtés de Dani.

– Est-ce que ça va ?

Je la fis pivoter sur le côté et elle cracha du sang dans la neige.

– Qu'est-ce qui se passe ? demanda-t-elle.

Je relevai la tête. Les garçons se battaient, rendant coup pour coup avec force et détermination.

Cas avait le visage enfoncé dans la neige, maintenu par Greg qui était assis sur son dos. Il bascula sur le côté quand Nick lui donna un grand coup de pied, mais Jimmy lui sauta alors dessus et enroula ses deux bras autour de son cou afin de l'étrangler. Matt et Sam se tournaient autour.

– On devrait y aller, souffla Dani.

Elle me prit la main et m'entraîna dans la direction opposée.

– Avant que la situation ne dégénère. Sam voudrait que tu sois en sécurité, non ?

– Je ne vais pas les abandonner, protestai-je.

– Anna ! s'écria Dani en me tirant vers elle. Ils vont nous tuer.

– Non. Je ne les laisserai pas. Reste là, dis-je, et je repartis en direction de la mêlée.

Jimmy fit pivoter Cas et le balança contre un arbre. Cas grogna, ferma les yeux une fraction de seconde, le temps que Jimmy lui assène un coup sous les côtes. Cas vacilla et Jimmy l'attrapa par les cheveux, l'obligeant à se relever.

J'avais le champ libre.

Je me précipitai sur Jimmy. Mais alors que je m'approchai de lui, il relâcha Cas et me balança un coup de poing. J'esquivai. Sur sa lancée, il me frappa au menton et je trébuchai en arrière, l'onde de choc me parcourant le corps des pieds à la tête.

Il enchaîna avec un autre coup de poing que je parvins à éviter, puis un autre qui s'écrasa sur mon front. Ignorant la pulsation de douleur dans mon crâne, je restai attentive et le vis reculer le bras, prêt à m'achever. Ce faisant, il avança sa hanche droite et j'en profitai pour le pilonner à l'abdomen.

La douleur le freina dans son élan. Je poursuivis.

Je le frappai au genou puis dans les reins.

Il s'agenouilla, sonné, et je lui administrai le coup de grâce, l'atteignant à la joue droite. Il s'écroula, inconscient.

Je me retournai vers les autres. Sam avait maîtrisé Matt, à présent à terre sur le ventre. Il lui agrippa la tête et la cogna au sol. Le nez de Matt explosa et il cessa de gigoter.

Sam se releva. Cas se planta à côté de moi. Nick essuya une traînée de sang sur sa joue. Il ne restait plus que Greg, qui nous observait.

– Te voilà tout seul, dit Nick à Greg. Tu crois que tu peux nous battre ?

Greg ne répondit pas. Il nous dévisageait, le regard vide, comme un robot – quelles chances avait-il contre nous ?

Il fit demi-tour et partit en courant.

Nick s'élança à sa poursuite, mais Sam l'interpella.
– Nick, laisse-le partir !
– Ils nous ont attaqués, protesta Nick. Et on a failli perdre.
Sam suivit Greg des yeux, qui disparut à un coin de rue.
– Je crois qu'ils ne savaient pas ce qu'ils faisaient. Tu as vu leurs yeux ? Ils étaient complètement éteints.
Il passa le revers de sa manche sur sa lèvre ensanglantée.
– C'était très bizarre.
– On aurait dit qu'on leur avait lavé le cerveau, ajouta Dani en titubant jusqu'à nous.
Elle grimaça et tâta sa mâchoire enflée du bout des doigts.
– Est-ce que vous les avez vus passer un coup de fil juste avant ? demanda Sam.
Nous secouâmes la tête.
– On ferait mieux de partir, dit Nick. Au cas où il y aurait des agents dans le coin.
– Et eux ? demanda Cas en désignant Jimmy.
Sam balaya le parc du regard. Personne. Aucun témoin. Aucune caméra.
– On les laisse là.
– Pauvres gars, soupira Cas avant d'enrouler son bras autour de mes épaules. Bananna, tu m'accompagnes jusqu'à la voiture ? Je ne suis pas sûr d'y arriver.
– Ben voyons, dis-je en riant.

Agrippés l'un à l'autre, nous nous éloignâmes en boitillant. Mine de rien, nous restions vigilants. Si l'Agence pouvait contrôler ses unités à distance, nous n'étions plus en sécurité nulle part.

15

Sam sauta par-dessus la clôture entourant le jardin d'une maison à vendre.

Nous avions besoin d'un endroit où nous nettoyer, nous ressaisir. Je devinais sans mal la conversation à venir, surtout que Nick broyait du noir et s'agitait à côté de moi. Pressentant qu'il mourait d'envie de dire ce qu'il avait sur le cœur – ne nous avait-il pas prévenus ? –, je pris les devants.

– Vas-y, dis-le.
– Quoi ?
– Tu penses que Trev nous a piégés.

Sam s'approcha discrètement de la porte arrière et entreprit de forcer la serrure.

– Un peu que je pense qu'il nous a piégés, rétorqua Nick en s'adossant au mur de la maison. C'est lui qui nous a orientés vers cet endroit. Et on a fait sortir les garçons du labo. L'Agence nous a manipulés en nous offrant des bombes à retardement qu'on a plus ou moins glissées dans nos poches arrière.

Je me tournai vers Dani, qui faisant semblant de ne pas nous écouter.

– On a retrouvé ma sœur. C'était l'objectif de notre mission.

– Oui. Ils se sont servis d'elle comme appât. Et tu as mordu à l'hameçon.

Il avait raison, bien sûr. J'avais mordu, et pas qu'un peu. Peut-être même qu'ils avaient tout organisé depuis le début, à commencer par le fait d'enlever Dani dans la contre-allée du supermarché. Riley avait été le directeur adjoint du programme Altérant. Il nous connaissait bien.

Pour autant, j'avais cru Trev quand il m'avait assuré n'être au courant de rien.

Oui, il était présent cette nuit-là. Mais il m'avait sauvée.

Si leur but était de nous éliminer, pourquoi Trev n'avait-il pas simplement laissé cet agent me droguer ? À l'heure qu'il est, je croupirais dans une cellule de l'Agence.

Mais je ne pouvais rien dire à Nick parce que Trev m'avait fait promettre de me taire.

Pourquoi ?

La porte arrière de la maison s'ouvrit, et Sam nous fit signe d'entrer.

Il faisait très froid. Nous pénétrâmes dans une longue cuisine étroite, au-delà de laquelle se trouvaient deux autres pièces. Les chambres étaient visiblement à l'étage.

Cas trouva une serviette dans l'armoire du couloir. À mon grand soulagement, la maison disposait de l'eau courante. Malheureusement, elle n'était pas chaude. Nous nous nettoyâmes du mieux possible et j'aidai Dani à enlever le sang qu'elle avait sur le visage. Elle grimaça à plusieurs reprises et je m'excusai en marmonnant.

– Alors, dit Cas quand nous fûmes tous dans la cuisine. On a un plan ?

– Moi, j'ai une idée, proposa Nick. On se rend au QG de l'Agence et on le fait sauter.

Je ne pus m'empêcher de sourire. En principe, Nick était la voix de la sagesse. Pas de risques inutiles – la survie, envers et contre tout.

Il était en colère, et je ne pouvais pas lui en vouloir. Pendant combien de temps allions-nous devoir échapper à l'Agence ? De toute évidence, ils n'avaient pas l'intention de nous laisser disparaître dans la nature. Nous en savions trop. Nous étions trop précieux à leurs yeux.

Tant que l'Agence existerait, nous ne serions pas libres. Ils ne cesseraient de fabriquer des super-soldats, les manipulant pour qu'ils soient encore plus forts, plus rapides, plus intelligents. On venait même de tomber dans un de leurs pièges. Que prévoiraient-ils ensuite ?

– On ne peut pas les affronter sans une stratégie, dit Sam en se frottant le visage. Si on savait exactement ce qui s'est passé avec Greg et les autres, ça nous aiderait.

– S'ils ont subi le même traitement que nous, alors

leur chef a pu leur donner l'ordre de nous tuer, observa Cas.

— Mais ils n'ont été en contact avec personne, intervins-je. Pour obéir à un tel ordre, il faut qu'ils le reçoivent juste avant. Il n'y pas de délai de réponse.

— Quelles sont les autres explications possibles ? poursuivit Sam.

— On leur a manipulé le cerveau, proposa Nick.

— Je pensais la même chose.

— OK, dit Sam en faisant les cent pas. Mais qu'est-ce qui a déclenché une telle réaction ?

Nick s'adossa au comptoir et croisa les bras.

— Quelque chose, ou quelqu'un, dans le secteur a pu les activer grâce à un laser, par exemple, ou un faisceau lumineux. Ça peut être n'importe quoi. Ou même quelque chose que l'un de nous aurait dit sans le savoir.

— Ils ont passé six mois dans ce labo, continua Sam avant de s'interrompre et de marquer une pause. Cas et moi étions au QG de l'Agence il y a un peu plus de deux mois. Ce qui signifie que, s'ils avaient déjà mis ce système au point avec Greg et son équipe...

Silence.

Nous savions tous où il voulait en venir. S'ils avaient réussi à concevoir une technique de commande à distance, peut-être avaient-ils aussi programmé Cas et Sam ? Après tout, ils en avaient eu le temps et les moyens.

— Mais... tentai-je, bien décidée à contrecarrer ses

arguments. Greg et son équipe ont vécu au labo six mois. Toi et Cas, vous êtes restés prisonniers vingt-quatre heures.

– Peut-être que ça suffit. Qu'est-ce qu'ils ont créé ? Un nouveau médicament ? Une autre méthode d'asservissement biologique ? On n'en sait rien.

– C'est vrai, Anna, renchérit Dani. Il ne faut que quelques heures pour que le traitement fasse effet.

– Comment tu le sais ? rétorquai-je.

Elle se replia sur elle-même et je regrettai de lui avoir parlé sur ce ton agressif.

– Pardon, dis-je. Mais... On ne sait pas tout.

– Justement, répondit Sam. Et en attendant, nous ne sommes pas en sécurité.

– On fera attention.

– On doit se séparer, déclara-t-il, sans me laisser le temps d'argumenter.

– Non.

– Anna.

– Non, répétai-je, le cœur battant à vive allure. Tu étais à l'Agence il y a deux mois. Si tu avais été manipulé, on le saurait depuis le temps, non ?

– Peut-être qu'ils attendent le bon moment.

– Ou peut-être qu'ils veulent qu'on se sépare. Tu as pensé à ça ? Ils veulent scinder le groupe en deux, pour nous fragiliser.

Sam redressa les épaules, visiblement agacé.

– Tu as vu ce qui s'est passé dans le parc ? demanda-t-il en écartant le bras, alors même que le parc était à des kilomètres de là. Alors qu'on discutait tranquillement, ils nous ont sauté dessus. Ça aurait pu être moi. J'aurais pu t'attaquer. Il est hors de question que je prenne ce risque.

– Je refuse de te quitter.

– Tu n'as pas le choix, déclara-t-il d'un ton ferme. Nick, tu restes avec Anna. Cas et Dani, avec moi. Il est tout à fait possible que Dani ait été programmée elle aussi.

– Nick n'a aucune envie de m'avoir à charge. Ce n'est pas un baby-sitter.

Nick ne broncha pas.

– Il sera gentil avec toi, dit Cas. N'est-ce pas, Nicky ?

– Arrête de m'appeler Nicky, grommela-t-il.

– Tu vois ? dis-je à Sam.

Oui, je me comportais comme une gamine, mais ça m'était complètement égal. Je ne voulais pas qu'on se sépare. Je ne voulais pas rester avec Nick tandis que Sam et Dani partaient de leur côté.

Sam se dirigea vers le devant de la maison.

– Anna, c'est ce qu'il y a de mieux à faire, me dit-il par-dessus son épaule. Je vais vous trouver un véhicule et après, on se sépare. Et je ne veux plus en entendre parler.

La porte se referma avec fracas quelques secondes plus tard.

Pendant que Nick montait la garde à l'avant de la maison, Cas se posta près de la porte arrière. Dans le salon, je m'assis par terre sur la moquette blanche, adossée au mur, ramenai mes genoux contre ma poitrine et fixai la porte vitrée coulissante qui ouvrait sur la véranda.

Dani s'installa à côté de moi.

Maintenant seule avec elle, je ne savais pas quoi lui dire. Comment nous comportions-nous l'une avec l'autre, avant ? Est-ce qu'on parlait pendant des heures ? Me donnait-elle des conseils sur les garçons, sur l'école ? Me coiffait-elle ? Me préparait-elle le petit déjeuner ?

Tant de questions sans réponse.

– Alors... dit-elle.

– Alors...

– Je sais que tu penses que se séparer est une mauvaise idée, mais si Sam a pris cette décision, c'est pour s'assurer de ta sécurité. Il a toujours été très protecteur.

Je perçus une note de tristesse dans sa voix.

– Je suis désolée, murmurai-je.

– Pourquoi ?

– Je ne sais pas. Pour tout.

Je posai mon menton sur mes genoux.

– J'aurais aimé qu'on se retrouve dans d'autres circonstances.

– Moi aussi, soupira-t-elle.

– Quand j'ai découvert que l'Agence m'avait volé mes souvenirs, que j'avais eu une autre vie avant celle à la ferme, j'ai su qu'il fallait que je recolle les morceaux du puzzle. Mais il n'y a pas grand-chose à recoller, en fait. Tu es tout ce qu'il me reste.

– Non, ce n'est pas vrai. Il y a aussi notre oncle Will.

– Will ? répétai-je en me redressant. Tu l'as vu récemment ?

– Oui. C'est grâce à lui que j'ai su que toi et Sam, vous vous étiez évadés de la ferme. Il connaît des gens haut placés à l'Agence. D'ailleurs, il me semble que vous avez croisé une de ses connaissances. Sura ? Elle a été mariée à ton directeur de labo.

Le nom de Sura fit monter en moi une bouffée de chagrin. Mon père m'avait laissée croire que Sura avait été ma mère et qu'elle était morte. En apprenant qu'elle vivait toujours, je m'étais sentie euphorique. Mais lors de notre rencontre, j'avais découvert qu'elle n'avait jamais eu d'enfants, que mon père m'avait menti à ce sujet-là.

Ensuite, elle avait été tuée sous mes yeux.

Dans ma tête, je pouvais encore entendre le coup de feu.

– Anna, tu m'as entendue ? demanda Dani.

– Quoi ? Non, pardon.

– Je peux te mettre en contact avec Will, si tu veux. Je pense qu'il serait content de te voir. Il aura peut-être des informations à te communiquer. Il passe son temps à surveiller les agissements de l'Agence. Il était ami avec celui qui l'a fondée. Maintenant, il fait ce qu'il peut pour saboter leurs missions.

– Vraiment ? dis-je en haussant un sourcil.

– Oui, dit-elle en souriant. Sacrée famille, n'est-ce pas ?

– Si on veut.

Des paroles me revinrent en mémoire. Lors de notre évasion du QG de l'Agence, Trev m'avait mise en garde et expliqué que les agents ne cesseraient jamais de nous traquer. Connor étant mort, à quels agents avait-il fait allusion ?

– C'est grand, l'Agence ? demandai-je à Dani. Qui est à notre recherche ? Tu sais ?

Dani me serra la main.

– Une question à la fois, moineau.

Laissant mon ancien surnom flotter entre nous, nous échangeâmes un regard. Le mot était un rappel immédiat et manifeste de ce que nous avions perdu, et cela remua quelque chose en moi. Un lien entre nous, une étincelle de mon passé – comme si la bougie de mon ancienne vie s'allumait enfin.

– Tu te souviens, dit-elle doucement. Je t'appelais tout le temps « moineau ». Parce que tu...

– Mangeais comme un moineau, complétai-je.

Comment le savais-je ? Aucune idée, mais la réponse avait jailli dans ma tête sans prévenir.

– Oui, continua-t-elle, et une nouvelle lueur brilla dans son regard. Tu n'acceptais de manger que des sandwichs au beurre de cacahuètes et à la confiture. Tu exigeais que j'enlève la croûte.

– Dans mes flash-back, c'est toujours toi qui t'occupes de moi. Pourquoi ? Où étaient nos parents ?

Elle se raidit, baissa la tête.

– Nos parents n'étaient pas les meilleurs parents du monde.
– Comment ça ?
– Ils étaient très pris.
– Ils travaillaient beaucoup ?
– Oui, on peut dire ça comme ça.
– Ça t'embêtait de t'occuper de moi ?
– Non. Jamais, dit-elle en souriant. J'aimais bien, au contraire.
– Je suis désolée, déclarai-je de nouveau en regardant mes pieds.
– Arrête de dire ça, répondit-elle en me donnant un léger coup de coude à l'épaule.
– C'est juste que... J'aurais aimé me souvenir davantage.

Parce que ça te rend si heureuse, avais-je envie d'ajouter. J'avais passé la majeure partie de ma vie – du moins de celle dont je me souvenais – à essayer de rendre mon père et les garçons heureux. Et certaines habitudes sont tenaces. Je souhaitais par-dessus tout rendre son sourire à Dani et j'aurais bien aimé me forcer à ressentir quelque chose ou à me rappeler ce qu'on avait partagé, mais je ne savais pas comment faire.

– Ce n'est pas ta faute, murmura-t-elle d'une voix tremblante. C'est moi qui t'ai laissée tomber. C'est moi qui t'ai perdue, cette nuit-là. C'est moi qui ai été incapable de te retrouver pendant toutes ces années.

– Cette nuit-là ? demandai-je.
– Quoi ?

— Tu as dit que tu m'avais perdue cette nuit-là. La nuit où nos parents sont morts ? Tu étais présente ? Tu as vu ce qui s'est passé ?

— Non, répondit-elle en secouant brièvement la tête. Si je t'ai perdue cette nuit-là, c'est justement parce que j'étais absente.

— Ah...

Tous mes espoirs s'envolèrent d'un coup. Jusqu'à cet instant, j'ignorais que j'avais à ce point envie de savoir comment nos parents étaient décédés.

— Mais Will sait ce qui s'est passé, reprit Dani. Sans doute qu'il te racontera, si tu lui poses la question.

— Tu crois ?

— Oui. Si je lui fais parvenir un message lui disant que tu veux le rencontrer, tu iras ?

— Bien sûr.

— Il vit à Port Cadia.

Je m'affaissai légèrement. J'avais grandi à Port Cadia, mais c'était aussi dans cette ville que l'Agence s'était à deux reprises emparée de Sam. La première fois avant qu'il se retrouve à la ferme et la seconde il y avait deux mois, quand nous étions allés récupérer les dossiers que Sam avait enterrés près de mon ancienne maison.

Si Sam apprenait que j'envisageais d'aller à Port Cadia, il me tuerait. Mais n'avait-il pas décidé que nous devions nous séparer ?

Il suffisait que je convainque Nick de m'y emmener — ce qui me paraissait facile.

La porte d'entrée s'ouvrit.

– Tout s'est bien passé ? demanda Nick à Sam.

Sam lui répondit en marmonnant.

– Transmets un message à notre oncle Will, murmurai-je à Dani.

Elle hocha la tête en souriant.

D'une façon ou d'une autre, je comptais me rendre à Port Cadia. Avec ou sans Nick.

16

Je dis au revoir à Cas et à Dani puis Sam nous accompagna, Nick et moi, jusqu'à notre nouveau véhicule – une voiture banale couleur charbon. Les vitres étaient légèrement teintées, ce qui avait toujours le don de me rassurer.

Nick rangea nos affaires dans le coffre. Sam et moi nous arrêtâmes devant la portière passager.

– Fais-moi voir ton arme, me dit-il.

Je la lui tendis.

La rue était déserte à cette heure de la journée. Un instant, j'enviai les gens résidant dans ce quartier. Ils travaillaient, ou bien prenaient un café avec des amis. Bref, ils menaient une vie normale – et j'aurais donné cher pour mener une vie normale moi aussi.

Sam sortit le chargeur de mon arme, vérifia qu'il était plein et le remit en place.

– Quand est-ce qu'on va se revoir ? demandai-je.

Il ouvrit les pans de mon manteau et glissa l'arme dans mon étui.

– Je ne sais pas. Je vais appeler ton père et voir s'il connaît l'existence d'autres programmes Altérant. Ensuite, on avisera. D'ici là, appelle-moi uniquement en cas d'urgence. Il ne faudrait pas que l'un de nous prononce le mauvais mot par inadvertance.

– Et qu'est-ce que je suis supposée faire en attendant ? J'ai envie de t'aider.

– Fais une pause, dit-il. Repose-toi.

Un silence s'installa entre nous. Il nous restait un sujet à aborder, mais nous n'étions ni l'un ni l'autre assez courageux pour l'évoquer.

Dani.

– Arrête de me regarder comme ça, me dit Sam en inclinant la tête sur le côté.

– Comment ?

– Comme si tu craignais que je sorte avec ta sœur.

– C'est une façon très précise de regarder quelqu'un.

Il posa ses deux bras sur mes épaules et m'attira vers lui.

– Tu n'as pas à t'inquiéter. Combien de fois faut-il que je te le répète ?

– Je ne m'inquiète pas.

– Mais si.

Baissant les yeux, je me mis à tripoter les boutons de mon manteau.

– Tu as toujours des flashs sur ton passé ? Sur ta vie avec elle ?

Il resta un long moment sans rien dire.

– Oui, admit-il enfin.

– À propos de quoi ?
– Rien d'important, soupira-t-il.
– Tu mens.
– Tu ne veux pas savoir.
– Sam.

Il glissa ses doigts entre les miens. Ses mains étaient fines, puissantes, avec des veines bleues et saillantes, et me paraissaient immenses. Dans l'ensemble, il était parfait, mais ce que je préférais chez lui, c'était ses mains.

Soudain, je me rendis compte avec désespoir que je ne les avais jamais dessinées.

Les images imprimées dans mon cerveau n'étaient pas fiables. J'avais besoin de quelque chose de plus tangible. De photos. De croquis. De mots sur une page.

J'avais oublié d'inscrire Sam dans ma mémoire.

Ne pars pas, pensai-je. J'avais envie de le crier, de le supplier de rester là. Mais il ne m'écouterait jamais.

Il se pencha vers moi, posa une main sur ma joue et m'embrassa. Doucement, lentement. Cela dépassait le simple contact de ses lèvres sur les miennes. Ce baiser n'était pas que physique, il renfermait une profondeur qui me toucha l'âme.

C'était un baiser d'au revoir.

J'aurais aimé qu'il dure toute la vie.

Je voulais toujours plus de Sam. Toujours.

Quand il recula, je gardai les yeux fermés quelques secondes de plus, enregistrant son odeur, mes sensations. Je souhaitais le graver en moi, quelque part où

même les manigances de l'Agence ne pourraient l'atteindre.
— Fais attention, dis-je.
— Toi aussi.
Et il s'éclipsa.

17

Nick nous conduisit à la sortie de la ville et emprunta l'autoroute. Je ne savais pas où nous allions. Peut-être que lui non plus.

Je posai mon front sur la vitre et fermai les yeux tandis qu'une sensation de brûlure familière envahissait mes sinus. Je retins mes larmes. Hors de question de pleurer. Pas maintenant. Pas devant Nick.

– C'est pas comme s'ils étaient morts, dit-il.

Non, mais j'avais le sentiment que je ne les reverrais plus.

– J'espère que ça ne va pas devenir une habitude, continua-t-il. Parce qu'on ne va pas aller bien loin si tu pleures tout le temps.

– Et on n'ira pas bien loin non plus si tu persistes à te comporter comme un connard.

Il tressaillit. Je me raidis, consciente d'avoir franchi la ligne.

Ensuite, l'ombre d'un sourire se dessina sur son visage.

– OK, maintenant qu'on s'est tout dit, si on réfléchissait à la suite ? À moins que tu ne préfères te plaindre et raconter tes malheurs dans ton journal intime.

– Ce n'est pas un journal intime, marmonnai-je.

– Tant mieux. Parce que les journaux intimes, c'est pour les mauviettes.

J'éclatai de rire.

– Est-ce un compliment détourné ?

– Non, répondit-il en fronçant les sourcils.

– Je crois que c'était un compliment.

– Je crois que tu commences à me taper sur les nerfs.

– C'est mon but dans la vie.

– Super. Bon, plutôt que de se disputer, on fait quoi ?

– Il faut que j'aille à Port Cadia, avouai-je d'un trait.

– Quoi ?

– C'est là que vit mon oncle. Il sait peut-être des choses. Il a des contacts à l'Agence.

– Au cas où tu aurais oublié, la dernière fois qu'on est partis à la recherche d'un membre de ta famille, on a eu des ennuis.

– Allez, Nick ! Qu'est-ce que tu veux qu'on fasse d'autre ? Qu'on aille au QG de l'Agence et qu'on y mette une bombe ?

– Oui.

– S'il te plaît, soupirai-je. C'est très important pour moi. Il dispose peut-être d'informations intéressantes.

Et il était là la nuit où mes parents sont morts, pensai-je. D'ailleurs, avec quelqu'un d'autre que Nick, cet argument aurait fonctionné. Mais Nick ne voulait rien savoir sur son passé. Il avait été très clair sur le sujet. Il ne comprendrait pas que je veuille en savoir plus sur le mien.

— Nick ?
— Est-ce que tu sais comment le trouver ?
— Dani va le contacter.
— De mieux en mieux, grogna-t-il.
— S'il te plaît.
— D'accord. Mais si Sam l'apprend...
— Il n'en saura rien.
— Bien sûr que si. C'est Sam.
— Conduis-nous à Port Cadia. Je me débrouillerai avec Sam au moment voulu.

Que ferait-il s'il apprenait que nous nous rendions dans ma ville natale ? Je préférais ne pas le savoir.

Nick prit des chemins détournés pour nous conduire dans le Michigan. Il trouva une fréquence rock sur la radio et la musique emplit le silence qui régnait dans l'habitacle.

Je fouillai mon sac à la recherche de mon carnet, qui était coincé au fond entre une brosse à cheveux et un chargeur supplémentaire. J'attrapai aussi mes crayons de couleur. Prévoir combien de temps durerait le trajet ou si j'aurais une minute de libre pour dessiner était impossible. Quelqu'un pouvait me tirer dessus alors que je mangeais tranquillement mon sandwich à la dinde. Dessiner était certainement une perte de temps mais cela m'aidait à m'ancrer dans le monde réel. C'était une activité familière, normale.

Je me mis donc à dessiner.

Je n'avais pas d'image particulière en tête – j'avais depuis longtemps épuisé mon stock de magazines de voyage. J'envisageai de demander à Nick de s'arrêter dans une épicerie pour que j'achète un magazine à feuilleter, mais je me ravisai bien vite. Voyons, c'était Nick ! Jamais il ne s'arrêterait pour que je puisse compléter ma banque d'images interne.

Comme d'habitude, je débutai par des choses simples pour m'échauffer. Les dernières pages du cahier étaient réservées au gribouillage. Elles contenaient des vagues, des cœurs, des cubes. Je griffonnai un poisson, un parapluie, d'autres cœurs.

Ensuite, je me tournai vers Nick. Il avait la main gauche posée sur le volant, la droite sur le levier de vitesse entre nous. Ses cheveux noirs formaient des bouclettes autour de ses oreilles et à la base de son cou. Même de profil, en les apercevant à peine, je fus une nouvelle fois frappée par le bleu de ses yeux. Un bleu électrique qui donnait l'impression qu'il regardait le monde avec détachement, comme s'il s'en fichait, alors qu'au contraire il en absorbait les moindres détails. Nick n'oubliait rien. Et si l'occasion se présentait, il n'hésitait pas à s'en servir contre vous.

Désormais coincé derrière un camion, Nick rétrograda en attendant que la voiture sur la file d'à côté le dépasse. Il serra les dents de frustration, retint sa respiration.

Ouvrant une page blanche, je commençai à dessiner. Je pensais au départ saisir Nick en train de conduire, mais à mesure que mon croquis progressait, je me rendis compte que ce n'était pas ça du tout. Nick, un air de panique sur le visage, poussait à présent quelqu'un à l'intérieur d'une pièce sombre. Derrière lui se dressait un lit à baldaquin.

Je contemplai mon dessin. Était-ce une scène que j'avais imaginée ? Un souvenir ?

Tout à coup, Nick m'attrapa le journal des mains.

Je relevai la tête. Nous étions garés à une station-service. Nick posa le carnet ouvert sur le volant.

– Tu viens de dessiner ça ? me demanda-t-il.
– Oui.
– C'est moi qui t'en ai parlé ?
– Non, répondis-je en plissant le front.

Il observa la page pendant un long moment. Une voiture se glissa au niveau de la pompe voisine.

– Qu'est-ce qu'il y a, Nick ? demandai-je enfin.
– C'est un de mes flash-back.
– Ah bon ? dis-je en me penchant vers lui. Mais de quoi ça parle ? Qui est-ce que tu pousses ?

Il referma le carnet, me le lança, descendit de la voiture et s'avança vers la pompe. Je sortis à mon tour mais fus coupée dans mon élan par le froid glacial, qui me surprit.

– Nick ? Qui est-ce ? demandai-je de nouveau, malgré un horrible pressentiment.

Nick dévissa le bouchon du réservoir et appuya violemment sur les boutons de la pompe, qui émit un bip en réponse.

Je fis un pas vers lui.

– C'est moi, c'est ça ?

– Oui, OK ? C'est toi.

– Qu'est-ce qui s'est passé ? continuai-je, le cœur tambourinant. Pourquoi est-ce que tu me poussais dans la...

– C'était un placard, m'interrompit-il. Et je ne sais pas pourquoi.

Je m'adossai à la voiture. Sam et moi étions allés dans mon ancienne maison. Dans une des chambres, nous avions remarqué un vieux lit à baldaquin. Dans le placard, j'avais trouvé une boîte contenant une photo de moi et de Dani, ainsi qu'une...

– Une grue en papier, hoquetai-je.

– Quoi ? grommela Nick.

– Dans un des placards de la maison de Port Cadia, j'ai trouvé une boîte avec une photo de moi et de Dani et une grue en papier aplatie à l'intérieur.

Des milliers de théories s'agitèrent tout à coup dans ma tête. Je me mis à faire les cent pas.

– Et dans un de mes flash-back, j'étais assise à côté d'un garçon sur un lit. Dani et Sam se disputaient dans le couloir. Qu'ils crient me contrariait, alors le garçon m'a montré comment faire des grues en papier.

Je croisai son regard, prenant enfin la mesure de ce

que mon cerveau cherchait à me dire depuis un petit moment déjà.

– Ce garçon, c'était toi.

Il se détourna.

– C'est ma mère qui m'a appris, murmura-t-il.

– Oui, c'est ce que tu m'expliquais dans mon flashback.

– C'est la seule chose d'elle dont je me souviens. Je ne sais même pas à quoi elle ressemblait.

Il cligna des yeux, retira la pompe à essence du réservoir.

– Quel genre de personne abandonne son enfant ? Une putain de...

Il s'interrompit, le regard perdu à l'horizon.

Comme ça, brusquement, notre moment d'intimité s'acheva. Nick redevint Nick, mais je comptais savourer cette victoire, si minuscule soit-elle. Nick s'était confié à moi. Peut-être qu'au fond de lui il n'était pas indifférent.

Dani m'appela plus tard dans la matinée.

– J'ai laissé un message à Will lui expliquant que je t'avais retrouvée et que je t'envoyais vers lui. Si tout va bien, il me rappellera plus tard pour me donner une heure et un lieu de rendez-vous.

– Merci. Sam est au courant ?

– Non. J'ai appelé pendant que lui et Cas étaient aux toilettes. On fait une pause sur une aire d'autoroute.

– Merci, soupirai-je, soulagée. Je ne veux pas qu'il sache pour le moment.

Nick ricana à côté de moi.

– Pas de problème, répondit Dani. Est-ce que vous serez à Port Cadia dans la soirée ?

– Oui, je pense. On va s'arrêter acheter à manger et ensuite on repart.

– D'accord. Je te rappelle dès que j'ai du nouveau.

Nous nous dîmes au revoir et je déposai le téléphone dans le vide-poches central.

– Qu'est-ce que tu veux manger ? me demanda Nick.

– Je ne sais pas. Je ne suis pas difficile.

Il s'engagea sur le parking d'un centre commercial voisin et se gara devant un petit café au rez-de-chaussée d'un immeuble en brique.

Un carillon tintinnabula quand je poussai la porte. La barmaid releva la tête.

– Qu'est-ce que je peux faire pour vous ? demanda-t-elle en rajustant la visière de sa casquette verte.

– Juste un café noir pour moi, dit Nick.

– Tu ne veux rien manger ?

– Non.

Il s'éloigna et s'installa à une table à la fois près des fenêtres et un peu à l'écart.

Je commandai un café et un sandwich. Dès que notre commande fut prête, je me décalai vers le comptoir du libre-service afin d'inonder ma boisson de sucre et de crème.

L'odeur du café et la vue de ce sandwich m'éveillèrent

l'appétit et mon ventre gargouilla. Je déchirai un paquet de sucre mais alors que je m'apprêtais à le verser dans ma tasse, je vis Nick repousser sa chaise et se frayer un chemin parmi les tables.

– Tiens, ton café, lui dis-je.
– Il faut qu'on y aille.

Tous mes sens se mirent en alerte.

– Pourquoi ?
– À ton avis ?

Je jetai un œil par la fenêtre. Un SUV noir était garé dans la rue. Et un groupe d'agents se dirigeaient vers le café.

– C'est pas vrai !

M'attrapant le coude, Nick m'entraîna vers l'arrière du bâtiment. À côté de la cage d'escalier et de l'ascenseur se trouvait une autre porte avec un hublot. Nick regarda à travers et lâcha un juron.

– Il faut qu'on monte.
– Quoi ?
– L'escalier. Monte. Vite.

Le bruit du carillon me sortit de ma torpeur. Nous grimpâmes les marches quatre par quatre, et j'étais contente d'avancer au même rythme que Nick.

– Par ici, dit-il en m'orientant vers une porte à notre droite.

Nous pénétrâmes ensuite dans un couloir à la moquette épaisse. Deux femmes en tailleur jupe passèrent devant nous.

– Pardon, leur dit Nick. Est-ce qu'il existe une autre sortie à ce bâtiment ?

La femme la plus près de lui hocha la tête et indiqua l'autre bout du couloir.

– Du côté est du bâtiment.

– Merci, sourit Nick.

Tandis que les femmes s'éloignaient, Nick me poussa devant lui. Nous prîmes quelques mauvais tournants et traversâmes un grand nombre de bureaux avant de trouver le deuxième escalier. À l'instant même où Nick agrippa la poignée, la porte s'ouvrit.

Nous bondîmes en arrière.

Un agent menaça Nick avec une arme.

– Ne bouge pas, ordonna-t-il.

Nick leva les mains. Un deuxième agent nous rejoignit ; une femme, qui pointa son arme sur moi.

De sa main libre, l'homme appuya sur son oreillette.

– On les a, dit-il.

À ce moment-là, Nick dégaina son flingue et lui planta une balle dans le crâne.

18

La femme écarquilla les yeux de surprise puis se jeta sur Nick. Arrachant l'extincteur fixé au mur, je la frappai à la tête. Elle s'écroula à côté de son partenaire.
– Bordel ! hurlai-je à Nick. Son arme était braquée sur moi. Elle aurait pu me tuer.
– Déshabille-les, dit-il, imperturbable.
– Quoi ?
– Allez, fais-le.

Penchée au-dessus de la femme, je lui retirai ses bottes, son pantalon et sa casquette, répandant alors ses longs cheveux bruns au sol. Lui enlever sa veste et son T-shirt fut plus compliqué.
– Et maintenant ? demandai-je.

Après avoir arpenté le couloir désert, Nick se précipita dans un bureau vide.
– Par ici, ordonna-t-il.

Il déposa la tenue de l'agent dans un placard mais garda le talkie-walkie. Je balançai les vêtements de la femme avec ceux de l'homme et refermai la porte.

– On sort, dit Nick ensuite en me montrant la fenêtre.

Sans poser de questions, je déverrouillai la fenêtre et l'ouvris, puis grimpai sur le rebord en surplomb d'un autre bâtiment. Nick sortit à son tour et referma la fenêtre en silence. Il tenait l'oreillette de l'agent entre son pouce et son index et des voix à l'autre bout nous parvinrent.

– Unité 1, vous m'entendez ?
– Unité 1, au rapport, dit une femme.
– Unité 2, vous m'entendez ?
Silence.
– Unité 2 ?

Nick approcha le minuscule micro de ses lèvres.

– L'unité 2 a perdu connaissance quelques instants. Et on nous a... euh... volé nos habits.

Un deuxième silence. Plaquée contre la paroi extérieure du bâtiment, j'avais froid au nez et les dents qui claquaient.

– À toutes les unités, reprit le capitaine. Identifiez vos partenaires. Il semble que les suspects tentent de se faire passer pour des agents en uniforme. Je répète : identifiez vos partenaires.

Nick esquissa un sourire.

– Tu es prête à sauter ? me demanda-t-il.

Le toit du bâtiment voisin était trois mètres plus bas.

– Et si je me casse une jambe ? m'inquiétai-je – je réfléchissais à voix haute.

– Et si un agent t'atteint avec une flèche tranquillisante, t'emmène au QG et t'efface la mémoire ?

– Dit comme ça... fis-je en grimaçant.
– À trois, dit-il. Un, deux, trois.

Agitant les bras, je m'élançai et, en retombant sur le toit, me roulai en boule afin d'éviter de me casser quoi que ce soit. Nick m'imita et nous partîmes ensuite en courant vers le bâtiment voisin, franchissant le vide qui nous en séparait sans arrière-pensée.

Tout à coup, une balle rebondit sur la cheminée en brique à un mètre sur ma gauche. Tournant la tête, j'hésitai et glissai sur une plaque de verglas.

Riley se tenait à la fenêtre d'où nous avions sauté et me visait avec son arme à feu.

Nick me tira dans la direction opposée. Une autre balle nous frôla et alla se ficher dans une bouche d'aération.

Nick se précipita vers le bord du toit, qui surmontait à présent un cul-de-sac. Il ne ralentit pas en approchant du vide et tout mon être me conseilla de freiner, d'enfoncer mes pieds où ils étaient et de ne pas sauter dans l'inconnu. Mais Nick ne m'avait jamais mise en danger.

Je devais lui faire confiance. De toute manière, les autres solutions n'étaient pas plus enviables.

Nous sautâmes du toit. En l'air, je cessai de respirer et fus prise d'une puissante envie de vomir mais je n'eus même pas la présence d'esprit de crier.

Nous atterrîmes dans une immense benne à ordures et les sacs-poubelles amortirent notre chute. Dans un même élan, je bondis au sol, Nick derrière moi.

– À droite ! me lança-t-il, et je lui obéis.

Au bout de l'allée, un agent surgit devant nous et nous nous arrêtâmes brusquement.

– Ils sont là ! s'écria-t-il. Dans l'allée entre la 55e ouest et Huntley. Ne bougez pas, nous dit-il ensuite.

Il ne devait pas savoir que Nick n'obéissait jamais aux ordres. Personnellement, j'en avais aussi un peu marre.

J'attrapai l'arme de l'agent, tirai sur la gauche et poussai vers le haut. Un coup de feu résonna entre nous, et la balle percuta le mur en face. Nick intervint alors, frappant l'homme sur son flanc gauche et j'entendis des côtes se briser. Nick cogna de nouveau et l'homme desserra son emprise sur l'arme ; je la lui extirpai tandis que ses jambes se dérobaient sous lui. Pour finir, Nick lui envoya un coup de genou dans la mâchoire et je lui logeai une balle dans la jambe.

Nous échangeâmes un regard. Quelque chose passa entre nous. Un accord, peut-être. Sans doute que si nous cessions de nous chamailler et décidions de travailler ensemble, nous serions invincibles.

– Vas-y, me dit Nick.

La voie était libre, mais pour combien de temps ? D'autres agents risquaient de débarquer à tout moment.

Nous n'avions jamais assez de temps.

19

Nous courûmes pendant dix kilomètres, sans nous arrêter. Dire que j'avais envie de mourir à la fin serait un euphémisme. Nick, lui, semblait à peine essoufflé. Comme notre voiture était garée loin dans la direction opposée et qu'en voler une autre était risqué à cette heure de la journée, nous entrâmes dans un banal snack en attendant que la situation se calme.

Sa tasse de café fermement coincée entre ses mains, Nick observait avec méfiance la porte d'entrée et les fenêtres.

Il avait gardé l'oreillette de l'agent et pouvait suivre les mouvements de l'ennemi. Après avoir trouvé leur homme inconscient sur la 55e ouest, les agents avaient suivi nos traces de pas dans la neige jusqu'à Lucgrove Avenue où, à leurs yeux, nous avions disparu dans un mur en brique.

Une idée de Nick. À l'aide de cageots de lait vides, nous avions grimpé sur le toit d'une sandwicherie. Pendu à la gouttière, Nick avait ensuite envoyé valser les cageots afin de brouiller les pistes. Les agents n'étant pas bêtes, ils avaient sûrement deviné notre ruse mais, dans le cas contraire, autant éviter de laisser le moindre indice.

Nous parcourûmes ensuite l'équivalent d'un pâté de maisons en passant par les toits. La ville d'Hastings n'était pas bien grande, mais les rues bouillonnaient d'activité malgré la neige et le froid de janvier. Par un escalier de secours, nous redescendîmes sur le trottoir où nos traces de pas se mêlèrent à des centaines d'autres.

Quarante-cinq minutes s'étaient écoulées depuis et Nick n'avait pas dit un mot, sauf pour commander un café.

– Ça va ? lui demandai-je.

Ignorant ma question, il sortit son téléphone.

– C'est pour toi.

Je vis le numéro de Sam s'afficher sur l'écran.

– Hé, dis-je en décrochant et en essayant de prendre la voix la plus décontractée possible – ce qui était très difficile.

– Où êtes-vous ? me demanda Sam d'un ton qui sous-entendait que je n'avais pas intérêt à plaisanter.

Je regardai Nick. Il haussa un sourcil.

– Dans un restaurant.

– Dans le Michigan ?

Je grimaçai. Mais comment faisait-il pour tout savoir aussi vite ?

– J'ai repéré le signal de votre téléphone, me dit-il en lisant, comme toujours, dans mes pensées. Vous êtes à cent cinquante kilomètres au nord de là où vous devriez être. C'est Nick qui a insisté ?

— Non.

C'était surtout mon idée.

— Où est-ce que vous allez, Anna ?

Mentir à Sam était inutile.

— Je veux connaître mon passé. Je veux en savoir plus, expliquai-je.

— Ne me dis pas que vous allez à Port Cadia.

— OK, je ne te le dirai pas.

— Anna.

— Qu'est-ce que je suis supposée faire d'autre ?

— Anna, soupira-t-il, s'il te plaît, ne va pas à Port Cadia sans moi.

Je fermai les yeux. J'étais fatiguée. J'en avais marre de me battre. Marre d'être traitée comme une petite chose fragile. Je n'avais pas besoin d'être maternée. Un instant, j'envisageai de lui dire qu'on avait croisé des agents, qu'on avait vu Riley, qu'on s'était battus et qu'on avait gagné. Mais il était déjà énervé et lui raconter ça n'aurait fait qu'aggraver la situation.

— On est déjà à mi-chemin, répondis-je. Je ne vais pas faire demi-tour.

Même si mon oncle Will n'avait pas grand-chose à nous apprendre, cela valait la peine de le rencontrer. En plus, je voulais le voir en personne – les membres de ma famille étaient si peu nombreux.

— Merde, Anna, siffla-t-il entre ses dents.

Il y eut un long silence et il reprit :

– Fais attention à toi. Sois vigilante, comme je te l'ai appris.

– Promis.

Nick tendit le bras et me prit le téléphone des mains.

– Tu as eu des flashs à propos de cette nuit, il y a cinq ans ? demanda-t-il à Sam.

Apparemment, Sam n'avait pas besoin que Nick précise de quelle nuit il s'agissait – la nuit où mes parents étaient morts, la nuit où Sam et les autres avaient été capturés par l'Agence.

Tout en écoutant la réponse de Sam, Nick balayait le restaurant des yeux.

– Si tu te souviens de quoi que ce soit, appelle-moi, continua Nick, avant de marquer une pause. Parce qu'il y a quelque chose qui cloche, mais je ne sais pas encore quoi.

Une autre pause. Un grognement.

– D'accord.

Il éteignit le téléphone et se remit à examiner chaque personne qui entrait dans le snack.

– Pourquoi tu as parlé à Sam de cette fameuse nuit ? demandai-je gentiment.

– Si je le savais, je n'aurais pas eu à lui poser la question.

Je me ratatinai sur ma chaise, étendis les jambes. Bon sang, ce qu'il pouvait être pénible !

Vu son commentaire, je m'attendais à ce qu'il se mure dans son silence. Mais à ma grande surprise, il reprit la parole – peut-être avait-on versé quelque chose dans son café ?

– Je ne fais pas confiance à ta sœur.

– Pourquoi ?

– Je ne sais pas. Parce qu'elle s'est volatilisée il y a cinq ans, qu'on l'a retrouvée dans le même labo que ces garçons endoctrinés. Et aussi parce que ça ne semble pas du tout la déranger que toi et Sam soyez ensemble. Comme si elle était déjà au courant.

– Comment voulais-tu qu'elle réagisse ? Qu'elle m'en veuille ? Elle a disparu pendant cinq ans, elle a dû se faire une raison. Et puis je suis sa sœur.

– Alors parce que vous avez des gènes en commun, tu peux lui piquer son petit ami ?

– Je ne lui ai pas piqué son petit ami, répondis-je en plissant les yeux.

La porte d'entrée s'ouvrit et Nick jeta un coup d'œil rapide aux nouveaux clients avant de revenir vers moi.

– Appelle ça comme tu veux. Mais d'après moi, elle s'est faite un peu trop vite à l'idée.

– C'est ma sœur, dis-je en secouant la tête. Je lui fais confiance.

– Tu ne la connais même pas.

– C'est ma famille.

– Ça ne veut rien dire, répondit-il en agrippant sa tasse de café. Il peut se passer des trucs bien glauques dans une famille.

Je le regardai un instant. Savait-il que son père le battait ?

— Nick, je...

Je tendis la main. Il eut un mouvement de recul.

— On y va ?

Je retirai ma main.

Il jeta un billet de vingt dollars sur la table et se dirigea vers la porte, la tête dans les épaules.

Des mois plus tôt, Nick m'avait expliqué qu'il préférait ne pas se souvenir de son passé. Ses mots précis furent : « Je ne me souviens peut-être pas de qui j'étais avant, mais je suis sûr d'une chose : ça n'avait rien de bien marrant. »

Je me demandais toujours s'il avait raison. Si découvrir la vérité ne faisait qu'empirer les choses. Un jour, Nick serait obligé d'affronter son passé, non ? J'avais le sentiment qu'il serait de nous quatre celui qui souffrirait le plus de garder tout ça enfoui en lui. Peut-être était-ce pour cette raison qu'il avait été intégré à l'Agence, parce qu'il n'avait pas réussi à accepter ce que son père lui avait fait subir ? Mais pour moi, c'était différent. J'avais besoin de recoller les morceaux, afin de me sentir entière.

Je voulais tout savoir, sur ma famille, mon passé, mon identité et les circonstances qui m'avaient conduite ici.

Et je comptais sur mon oncle Will pour m'y aider.

20

Entre-temps, la nuit était tombée. Les lampadaires éclairaient à présent la rue d'une douce lueur orangée. Et il faisait encore plus froid – pour impossible que cela paraisse, la température était passée de « glaciale » à « polaire ».

Nous parcourûmes environ deux kilomètres avant que Nick ne vole une autre voiture – Dieu merci. Dès qu'elle démarra, je mis le chauffage à fond et pus enfin retrouver la sensation de mes doigts et mes orteils. Je me blottis contre la portière, fermai les yeux et m'assoupis.

Une lumière blanche m'envahit le cerveau.

Dans l'entrebâillement d'une porte, j'aperçus Dani.

– *On avait un accord, dit-elle.*
– *Et je l'ai respecté, répondit un homme.*
– *Mais il a rechuté. Il ne va pas mieux et Anna n'est pas en sécurité ici.*
– *Que veux-tu que je fasse ? Que je l'intègre au programme ? Elle est un peu jeune pour commencer.*

– *Non, déclara Dani. Je ne veux pas qu'elle soit mêlée à ça.*
– *Alors arrête de me demander d'enfreindre le règlement.*
– *Ce n'est pas le cas. Simplement, j'aimerais que, pour une fois, tu te sentes concerné.*
– *Oh, Dani, dit-il avec une pointe de moquerie. Je me sens concerné. Et c'est bien pour ça qu'on se retrouve dans cette situation, qu'on a cette conversation. Parce que je me sens beaucoup trop concerné.*
Un téléphone sonna quelque part au loin.

Je me réveillai en sursaut.
– C'est pour toi, me dit Nick en me tendant le téléphone jetable.
Je clignai des yeux afin de chasser les dernières traces de sommeil et pris le téléphone. Le numéro de Sam était affiché sur l'écran.
– Allô ?
– Hé... (Ce n'était pas Sam, mais Dani.) Je t'ai arrangé un rendez-vous avec Will.
– C'est vrai ? dis-je en me redressant. Où ça ?
– Dans un bar de Port Cadia, le Molly's. Il y sera ce soir. À vingt heures.
– C'est noté. Merci beaucoup.
– Pas de problème, dit-elle. Est-ce que Nick est gentil avec toi ?
– Dans la mesure du possible.
– On ne peut pas lui en demander plus, continua-t-elle en riant.

– Et... (Je me tournai vers la fenêtre, créant l'illusion d'un semblant d'intimité.) Comment va Sam ?
– Sam va bien, répondit Dani. Ne t'inquiète pas.
– Et Cas ?
– Cas est fidèle à lui-même.
Elle marqua un temps puis reprit :
– Je dois y aller. Fais attention, moineau.
– Promis, dis-je, et je raccrochai.
– Alors ? demanda Nick.
– Mon oncle m'a donné rendez-vous dans un bar ce soir.
– Qu'est-ce que tu veux faire en attendant ?
– Je ne sais pas, répondis-je en haussant les épaules. J'aimerais bien me reposer dans un vrai lit.
Nick tourna à droite et s'engagea sur la voie de sortie de l'autoroute.
– Je te propose un bon goûter et après on se trouve un endroit où se reposer.
– Oui, ce serait super. J'ai très envie d'une montagne de pancakes.
– Avec de la cassonade, ajouta Nick à voix basse.
– Quoi ?
Il frémit.
– Euh, rien... Essaye avec de la cassonade. Et du sirop d'érable. Et du beurre.
– D'accord, dis-je, intriguée.

Il avait raison, c'était un vrai régal. Je badigeonnai les pancakes de beurre et de sirop d'érable puis saupoudrai de la cassonade par-dessus.

Un petit bout de paradis.

– Tu avais déjà goûté ? demandai-je à Nick après avoir englouti mon dernier morceau de crêpe.

– Non.

– Alors comment savais-tu que j'aimerais ?

Il vida sa tasse de café.

– Je le savais, c'est tout.

– Allez, dis-moi, insistai-je en inclinant la tête sur le côté.

Notre serveuse, une femme âgée avec de longs cheveux gris tressés, vint débarrasser la table.

– Autre chose ? demanda-t-elle.

Je n'avais plus du tout faim. Sans doute même avais-je trop mangé. Sam m'avait expliqué que trop manger était une des pires erreurs qu'on pouvait commettre. Avec le ventre plein, on devenait lent, léthargique – or, on ne pouvait prévoir quand Riley ou un autre agent nous surprendraient. « On mange pour rester en vie et avoir de l'énergie », m'avait-il dit. Là, je m'étais surtout fait plaisir.

– Non, merci, répondis-je, et Nick secoua la tête.

– Je vous apporte l'addition, dit-elle en s'éloignant.

Je me tournai vers Nick.

– Alors ?

– Je le savais, c'est tout, répéta-t-il en haussant les épaules.

– Non, tu t'en es souvenu. J'aimais les pancakes avec de la cassonade quand j'étais petite ?

Nick me regarda quelques secondes, m'apportant toutes les réponses dont j'avais besoin.

– Mais pourquoi tu sais toutes ces choses sur moi ?

Cette fois, en haussant de nouveau les épaules, il se détourna.

– Sûrement que tu ne me détestais pas autant à l'époque, poursuivis-je en souriant.

– Ça m'étonnerait, ricana-t-il.

Je récapitulai les quelques informations dont je disposais sur notre passé. Alors que Dani et Sam se disputaient, il était resté avec moi. Il m'avait appris à faire des grues en origami. Il savait comment j'aimais manger mes pancakes. D'après mon dessin, il m'avait poussée à l'intérieur d'un placard. J'avais supposé qu'il agissait par méchanceté, mais peut-être cherchait-il au contraire à me mettre à l'abri, à me protéger ?

Mais de quoi ?

Ou de qui ?

Après avoir mangé, nous roulâmes encore pendant une heure. Il ne nous restait plus tellement d'argent, du moins pas assez pour prendre une chambre dans un motel, et il faisait trop froid pour dormir dans la voiture. En plus, le chauffage ne fonctionnait pas bien et soufflait à la fois un air froid et un air chaud qui sentait le renfermé.

Nick nous conduisit dans un quartier chic de la ville, près d'un lac où de coquets pavillons côtoyaient des demeures immenses. À mesure que nous progressions vers le nord, la route rétrécissait.

– Où est-ce qu'on va ? demandai-je.

– On cherche un endroit où se poser, non ?

– On va entrer dans une maison par effraction ? m'étonnai-je, en pivotant sur mon siège pour bien le regarder. Et si les occupants reviennent ?

– Shhh. Attends un peu, tu vas voir.

Bougonnant, je me rassis face à la route et croisai les bras.

Enfin il ralentit et désigna un cottage de plain-pied en brique grise.

– Regarde, l'allée du garage n'a pas été déblayée. Il n'y a aucune trace dans la neige, ni dans l'allée ni sur le chemin menant à la porte.

Il me montra ensuite un groupe de maisons un peu plus loin dans la rue.

– Tu vois les stalactites qui pendent du toit ?

– Oui.

– Ça veut dire que la maison est chauffée. Maintenant, regarde la maison devant toi. Tu vois des stalactites ?

J'examinai la bordure du toit.

– Non, pas vraiment.

– Ce qui signifie que le chauffage est au minimum, uniquement pour que les tuyaux ne gèlent pas. C'est une maison de vacances.

– Où personne ne pourra nous trouver.

– Exactement.

Il remonta l'allée et s'arrêta à côté du garage, pour que la voiture soit en partie dissimulée par une rangée de pins. Nous contournâmes ensuite la maison par-derrière, où un petit porche abritait une double porte avec moustiquaire, que Nick entreprit de forcer.

Pendant qu'il s'affairait, je sautillai sur place afin d'éviter que mes orteils ne gèlent. Il faisait encore plus froid, ici, et le vent en provenance du lac était glacial. *Grouille-toi, Nick*, suppliai-je.

Nick ouvrit la porte et je me précipitai à l'intérieur, dans le vestibule, que j'examinai. Des chaussures alignées sur un paillasson noir, des imperméables pendus à des crochets fixés au mur, des jeux de plage empilés dans des cageots rangés dans un coin. Je me détendis. Oui, c'était bien une résidence d'été.

Je suivis Nick qui traversa une cuisine étroite et aboutis dans le salon, où se trouvait un immense canapé d'angle recouvert d'un drap blanc. Nick le retira d'un seul geste, projetant un nuage de poussière autour de lui.

– Ça fait du bien d'être à l'abri du vent, dis-je en me frottant les bras. Mais il fait très froid, ici.

Ma respiration dessinait des volutes blanches dans l'air.

– On ne reste que quelques heures. Mais je vais voir si je peux monter le chauffage.

Le thermostat était situé dans un coin de la salle à manger.

– Vingt degrés, ça te va ? me demanda-t-il, et je hochai la tête.

Il appuya sur un bouton et j'entendis la chaudière se mettre en marche quelque part dans la maison.

– Dix minutes, et ça devrait aller mieux.
– Merci. Vraiment.

Il me regarda, hésitant entre son éternel air de mépris et quelque chose de plus sympathique, généreux. Comme il ne me répondait pas, je décidai, pour lutter contre le silence gênant qui avait empli la pièce, de partir à la recherche d'une couverture, en attendant que la maison se réchauffe.

Sous un des lits, je dénichai une vieille couverture en polaire. Je la secouai, l'enroulai autour de mes épaules et revins m'effondrer sur le canapé.

Ça allait déjà mieux.

Une minute plus tard, ma tête bascula sur le côté ; mes paupières devenaient lourdes.

– Tu peux dormir, me dit Nick. Je monte la garde.
– Ça ne te dérange pas ?
– Non, et puis c'est pour ça qu'on est là.
– Et toi ?

Il installa une chaise devant les fenêtres du salon et entrouvrit légèrement les rideaux.

– Ça ira.
– Tu es sûr ? Parce que je veux bien prendre le premier quart...
– Anna, dit-il d'un ton ferme qui me réduisit au silence, dors.
– D'accord, concédai-je.

À dire vrai, j'étais épuisée. Je me blottis sur le canapé en position fœtale, la couverture bien serrée contre moi.

Quelques secondes plus tard, je dormais.

21

Je me réveillai avec les bribes éparses d'un souvenir en tête, comme quand on a un mot sur le bout de la langue, tout juste inaccessible. J'en connaissais les contours, les sensations, mais impossible de me rappeler les détails – autrement dit, l'essentiel.

Une chose était sûre : ce souvenir était important. Mécontente, je m'assis sur le canapé et poussai un juron.

Nick me regarda en plissant le front. Affaissé sur la chaise, il faisait toujours face aux fenêtres. Il avait une bière décapsulée à la main, et les cheveux encore plus en pagaille que d'habitude. Était-il resté là sans bouger pendant tout ce temps ? Non, il avait dû au moins se lever pour dénicher cette bière rangée dans un coin oublié.

Il me parut plus qu'épuisé.

Je posai les pieds bien à plat par terre et me frottai les yeux.

– Je crois que j'ai eu un autre flash-back.
– Tu étais avec qui ?

Me posait-il la question parce qu'il voulait savoir s'il était présent ? Vu qu'il figurait dans bon nombre de souvenirs, la réponse était sûrement oui.

— Je ne sais pas trop, répondis-je, prudente. Mais il y avait...

Du sang. Je m'interrompis, examinai mes mains. Une sensation de chaleur se répandit entre mes doigts, mais ici, maintenant, mes mains étaient pâles, sèches, abîmées par le froid. Pas couvertes de sang, et pourtant l'impression était puissante, envahissante. Je pouvais presque sentir le sang sous mes ongles, couler le long de mes avant-bras.

Vite, je me forçai à chasser cette image de mon esprit.

Peut-être que je perdais la raison ?

— Quoi ? me demanda Nick.

— Rien, dis-je en me redressant. Tu sais où se situe la salle de bains ?

— Deuxième porte sur la droite, dit-il en désignant le couloir.

— Il y a de l'eau ?

— Ouais.

Je fermai la porte à clé, allai aux toilettes. Après m'être lavé le visage, je m'observai dans le miroir.

J'avais très mal au crâne, aux yeux. À croire que ma tête allait exploser. Pourrais-je un jour avoir une vie normale ? C'est-à-dire aller me coucher sans avoir peur qu'on me tombe dessus au milieu de la nuit. Et me réveiller l'air fraîche et dispose, prête à attaquer la journée – elle-même débordante de possibilités.

Je soupirai, allumai le robinet et m'aspergeai d'eau chaude. Soudain, tout devint noir, et une série de flashs m'assaillirent, pareils à des images éclairées au stroboscope.

Je fermai les yeux, appuyai sur mes tempes.

Un hurlement. Dans ma tête.

Que se passait-il ?

Je courais. Dans un couloir. Des gens criaient derrière moi. Me précipitant dans la salle de bains, je retirai le couvercle de la chasse d'eau des toilettes et plongeai ma main dans l'eau glaciale. J'en sortis un sac plastique transparent. Qui contenait une arme à feu.

Mes genoux se dérobèrent sous moi. Me sentant chanceler, je cherchai à agripper quelque chose et ne parvins qu'à emporter dans ma chute un panier rempli de produits de beauté. Les flacons s'écrasèrent sur le carrelage avec fracas.

Du sang sur mes mains. Qui coulait le long de mes bras. Du sang sous mes ongles.

Quelque chose vola en éclats et percuta le mur. Des mains me secouèrent.

– *Sors Anna de là,* ordonna Dani.

– Anna ! cria Nick. Tu m'entends ?

Il m'était difficile d'ouvrir les yeux, d'autant plus que la lumière du plafonnier m'aveuglait. Les images du flash-back se mélangeaient à la réalité du présent sans que je puisse faire la différence.

Accroupi à côté de moi, Nick m'examina, enfonçant ses doigts dans mon crâne.

– Qu'est-ce qui s'est passé ? me demanda-t-il.

– Un autre flash-back.

Il jeta un œil à la porte fracassée derrière lui.

– La prochaine fois, évite de fermer à clé.

Il m'aida à me relever. La sensation de vertige persista un instant puis se dissipa, suffisamment pour que je puisse prétendre aller mieux.

Ce dont je doutais, en fait.

En quittant le labo de la ferme, nous avions procédé à un sevrage radical avec les médicaments altérants, ouvrant la voie à nos souvenirs. Chez Sam, ces flash-back étaient très violents, et mon père m'en avait expliqué la raison : sa mémoire avait été trop souvent effacée.

Mais pour autant que je sache, on ne m'avait effacé la mémoire qu'une seule fois, juste avant mon arrivée à la ferme.

Alors pourquoi souffrais-je autant que Sam ?

Avant de partir, Nick tenta de réparer la porte de la salle de bains. Il parvint à la remettre sur ses gonds mais fut incapable de masquer la trace de l'impact causé par ses coups d'épaule.

Peu après dix-neuf heures quinze, Nick baissa le

chauffage et ferma la maison. Puis il m'escorta jusqu'à la portière passager de la voiture – il devait craindre que j'aie une nouvelle crise.

Installée à l'intérieur, je l'observai tandis qu'il contournait l'avant du véhicule. Je ne savais pas trop qui était ce Nick-là, celui qui s'occupait de moi, qui m'aidait à monter dans la voiture et prenait le temps de s'assurer que j'allais bien.

Peut-être que ce Nick-là correspondait davantage au vrai Nick, entre le Nick d'avant et le Nick d'aujourd'hui, à savoir un mauvais garçon génétiquement modifié.

Peu importait, j'aimais bien ce Nick-là. Pourvu qu'il ne disparaisse pas.

Il nous fallut une demi-heure pour atteindre le Molly's. L'horloge du tableau de bord affichait dix-neuf heures cinquante-cinq lorsque Nick se gara dans le parking.

Le bar occupait un bâtiment de deux étages à l'orée de la ville. Les fumeurs s'amassaient devant l'entrée pour lutter contre le froid, près d'une fenêtre avec un panneau en néon orange promettant de la bière fraîche à la pression. On entendait de la musique à travers les murs en bois.

– Je vais entrer en premier, me dit Nick. Si tu vois ton oncle, tu le reconnaîtras ?

– Oui. Il y avait des photos de lui dans les fichiers.

– Dès que tu l'aperçois, tu me dis, OK ?

– OK.

Nous sortîmes de la voiture et je serrai mon manteau contre moi tout en traversant le parking.

Quand Nick ouvrit la porte, une odeur de transpiration et de vieille bière nous assaillit. La musique était assourdissante, l'endroit bondé.

Nick m'entraîna vers une table ronde dans un coin, en partie cachée par un pilier.

J'étudiai la foule. Dans le coin opposé, je remarquai un groupe de gens. Un homme imposant avec une salopette en jean tenait une cigarette éteinte dans sa main, comme s'il comptait absorber la nicotine par osmose. Une petite jeune femme brune éclata de rire.

Derrière eux, un couple dans un box se roulait des pelles. Trois copines descendaient verre sur verre. Un vieil homme vida sa bière. Et un homme élancé aux cheveux roux...

– C'est lui, murmurai-je à Nick. Dans la salle du fond. À treize heures.

Je m'efforçai de rester calme mais cet homme – mon oncle Will – était le seul membre de ma famille au courant des événements de la nuit où j'avais été enrôlée malgré moi par l'Agence.

Il ressemblait à l'homme que j'avais vu dans les dossiers. Les cheveux roux coupés ras ; des taches de rousseur sur le nez ; de grands yeux espacés ; des lèvres charnues, comme Dani. Il existait de nombreux points communs entre Will et ma sœur, et j'en vins à me demander à quoi ressemblait notre père et ce que j'avais hérité de lui. Je n'avais pas les cheveux roux, je n'avais pas les lèvres charnues. J'avais des taches de rousseur, mais pour ce qui concernait les gènes O'Brien, c'était tout. Ressemblais-je plus à notre mère ? Avait-elle les cheveux blonds, les yeux noisette et un nez qui paraissait trop petit ?

Un homme tenant une bière dans sa main était assis à côté de Will. Mon oncle, lui, ne buvait pas. Il sourit à son ami.

Je me levai.

– Deux secondes, me dit Nick en me prenant le bras.

– J'attends ce moment depuis l'instant où j'ai appris son existence, dis-je en m'écartant de lui. Je ne vais pas attendre une minute de plus.

Je traversai la salle, les mains moites. Qu'espérais-je de cette rencontre ? Je ne savais pas trop, seulement que je voulais que Will m'aime bien.

Il rit de nouveau et son ami lui tapota l'épaule. Ensuite Will leva la tête, m'aperçut et se figea.

M'avait-il reconnue ? Ressemblais-je à mon père ou à ma mère biologiques ?

Will se mit debout. Son ami lui posa une question à laquelle il ne répondit pas.

Je m'arrêtai à un mètre de la table, les bras pendants. J'étais gênée, tout à coup. Qu'est-ce que j'étais supposée dire ? faire ?

– Anna, dit-il en souriant. Quel plaisir de te voir.

– Oncle Will ?

Il hocha la tête, s'avança vers moi et me prit dans ses bras, me serrant fort.

En me relâchant, il se tourna vers son ami.

– Nathan, je t'appelle plus tard. Faut que j'y aille.

– Pas de problème, mec, répondit Nathan en s'éloignant, sa bière à la main.

Will posa ses mains sur mes épaules et me dévisagea longuement, comme s'il avait du mal à y croire. Nick s'approcha de nous.

– Il faut qu'on parle, proposa Will. Dans un endroit plus au calme, peut-être ?

Apercevant Nick derrière moi, il poursuivit :

– C'est un ami à toi ?

Je sentais la présence de Nick dans mon dos, ce qui me rassura et m'agaça en même temps.

– Oui. Un bon ami.

– OK. Eh bien, il peut venir avec nous. Suivez-moi.

Glissant sa main entre mes omoplates, il me conduisit vers la sortie. Dehors, il désigna de son index un pick-up garé au fond du parking.

– C'est ma voiture. Tu veux monter avec moi ou...

– On vous suit, déclara Nick.

– OK. J'habite à Washington. On pourra discuter tranquillement chez moi.

Il tripota ses clés, qui tintèrent.

– OK. Eh bien, on se voit dans quelques minutes.

– Oui, acquiesçai-je.

Dès que nous fûmes installés dans la voiture, Nick dit :

– Je n'aime pas ça.

– Tu n'aimes rien, répondis-je en levant les yeux au ciel. Ni personne.

– Peut-être, mais je n'aime vraiment pas ça.

— Je ne vais pas faire marche arrière. Will sait peut-être des choses. Et de toute façon, c'est mon oncle. J'ai envie de lui parler.
Ma voix se brisa et je pris une grande respiration.
— S'il te plaît, Nick...
Il alluma le moteur et suivit Will qui sortait du parking.
— Si ce soir on se fait tirer dessus, ce sera ta faute.

Will vivait au deuxième étage d'un immeuble en face de la bibliothèque municipale. D'après Sam, si un endroit paraissait sûr, c'est qu'il ne l'était probablement pas, et rien ne semblait plus rassurant qu'une bibliothèque municipale. Tout en essayant de me détendre, je restai donc vigilante, au cas où.
L'appartement était petit : une chambre au fond, une kitchenette qui ouvrait sur le salon. Dans cette pièce se trouvait un canapé aux coussins enfoncés à gauche, et j'en conclus que Will s'asseyait là pour regarder la télé posée sur une vieille table bancale.
Il y avait des assiettes dans l'égouttoir mais pas dans l'évier. La table pour deux était polie, nue. Ça sentait le détergent. Et la fumée de cigare.
— Asseyez-vous, dit Will.
Je m'installai à droite du canapé et Nick s'assit sur l'accoudoir à côté de moi. Sans avoir à le regarder, je savais qu'il était nerveux, prêt à bondir au moindre signe suspect.

Will prit place sur une chaise qu'il était allé chercher dans la cuisine.

— Je ne sais même pas quoi te dire, avoua-t-il ensuite.

Il rit mais son rire se transforma en un long soupir.

— Tu as bien grandi, reprit-il. Alors, de quoi voulais-tu me parler ?

— De plusieurs choses, en fait. Dani affirme que tu as des contacts à l'Agence.

— C'est exact.

— Avant-hier soir, nous avons retrouvé Dani dans un des labos de l'Agence, ainsi que trois garçons.

— Des garçons ? Comme Sam ? demanda-t-il, prudent.

— Oui, mais... il y a eu un problème.

Je lui expliquai ce qui s'était passé quand nous avions dit au revoir à Greg et aux deux autres.

— Intéressant, dit-il en croisant les genoux. J'ai entendu dire que l'Agence cherchait à concevoir un programme de commande à distance. Vous pensez qu'on les a activés de cette façon ?

— Oui. Mais on ne sait pas comment.

— Un mot de passe suffirait.

Nick fit craquer les articulations de ses doigts.

— Il aurait fallu que l'un de nous prononce le bon mot au bon moment. Ça me paraît peu probable.

— Sauf si c'est un mot de tous les jours, répondit Will en haussant les épaules.

— Tu penses qu'il existe un moyen de les désactiver ? demandai-je.

– Oui, en général, c'est le cas. Mais je ne sais pas comment. Ni même par où commencer.

Je soupirai. C'était bien ce que je craignais.

– Autre chose, continuai-je.

– Tout ce que tu veux.

– Dani m'a dit que tu étais là la nuit où mes parents sont morts.

Will bascula la tête en avant et ferma les yeux.

– Oui, répondit-il dans un murmure.

– Qu'est-ce qui s'est passé ? continuai-je, sentant le regard de Nick posé sur moi.

Will releva la tête brusquement, se raidit et serra les poings.

– Ce qui s'est passé, c'est Sam. Il a tué tes parents. Il t'a enlevée.

Sa réponse me fit l'effet d'une gifle. Sam ?

– Non, ce n'est pas possible, protestai-je.

– J'étais là, Anna. J'ai tout vu.

Sam avait tué mes parents ?

– Mais... pourquoi ? bredouillai-je.

– D'après ce que j'ai compris, tes parents essayaient de l'éloigner de Dani. Ils étaient au courant de ses ennuis avec l'Agence et ils craignaient que Dani ne se fasse tuer si elle le suivait. Je suis arrivé à la maison quelques minutes avant que Sam ne sorte son arme. J'ai essayé de l'empêcher de tirer mais il était trop fort.

Des larmes s'accumulèrent à l'orée de ses paupières et il me regarda.

– Je suis désolé, je n'ai rien pu faire.

Une soudaine envie de vomir me saisit.

Sam avait tué mes parents !

Et il était avec Dani en ce moment même.

– Et les autres ? Nick ? Cas ? Ils étaient là aussi ?

Will regarda Nick un instant.

– Non.

C'était au moins ça, même si le soulagement que je ressentis dura trop peu pour être réconfortant.

– Et moi ? J'étais où ?

– Tu te cachais dans ta chambre.

– Vous avez des preuves de ce que vous dites ? demanda Nick.

– Rien sur moi, répondit Will en ouvrant les mains. Un de mes anciens contacts affirme que les événements de cette nuit-là sont consignés dans les fichiers qui concernent Sam. Mais je ne les ai pas vus.

J'avais à peine parcouru les fichiers sur Sam parmi les dossiers que Trev nous avait donnés. Que je ne sois pas tombée sur ces informations était possible.

Sam avait-il lu le fichier en question – sans rien nous dire ? Ou bien s'était-il souvenu de ce qui s'était passé ?

Lorsque nous avions quitté le chalet, j'avais trouvé un morceau de papier dans le tiroir de la table de nuit de Sam. Une liste de noms, rédigée par Sam.

Mes parents étaient sur la liste.

Sam notait-il le nom des personnes qu'il avait tuées à mesure qu'il s'en souvenait ?

Si c'était le cas, il se rappelait avoir tué mes parents depuis quelque temps déjà.

Je bondis du canapé.

– Il faut que j'y aille.

Nick se leva à son tour.

– Anna, attends, me dit Will en se redressant. S'il te plaît, ne t'en va pas. Je viens à peine de te retrouver. Reste ici. Toi et Nick. Profitez d'un bon dîner et d'une bonne nuit de sommeil.

– Il n'est pas question qu'on reste, répondit Nick.

Will fit un pas en ma direction.

– Dis-moi au moins où vous allez. Ou donne-moi ton numéro. Je ne veux pas te perdre une seconde fois, insista-t-il, les larmes aux yeux. Toi et Dani, vous êtes tout ce qui me reste de mon frère.

Nick s'interposa entre Will et moi.

– Donnez-nous plutôt votre numéro. On vous appellera.

Will plissa des lèvres puis hocha la tête. Il déchira un morceau de journal et inscrivit son numéro dans la marge.

– C'est mon numéro de portable. Je le garde toujours sur moi.

Je pliai le bout de papier et le glissai dans ma poche.

– Merci.

Il nous raccompagna jusqu'à la porte.

– Sois prudente avec Sam, me dit-il alors que je sortais dans le couloir. Je ne sais pas si tu es en contact avec lui, mais il est dangereux, intrépide et bien plus fort que n'importe quel être humain.

Je le savais. Je connaissais la force de Sam. C'était une des choses que j'aimais le plus chez lui.

Mais ce qui était avant une qualité devenait à présent une menace.

22

Sitôt repartis, je parlai à Nick de la liste que j'avais trouvée dans la table de nuit de Sam.
– Tu l'as sur toi ?
Oui. Je l'avais pliée autant que possible et cachée dans une paire de chaussettes. Je la sortis de mon sac et Nick s'arrêta sur le bas-côté pour la lire.
– Est-ce qu'il t'en a parlé ? lui demandai-je.
Nick secoua la tête.
– Alors, qu'est-ce que tu en penses ?
– Je ne sais pas, dit-il. Regarde. Il a classé les noms par groupes. Les astérisques indiquent des missions effectives. Je reconnais certains noms. Joseph Badgley, par exemple. On était ensemble sur ce coup-là.
– C'est une liste de contrats, non ?
– Oui, répondit-il sans hésiter.
– Alors, les points d'interrogation...
– Veulent dire qu'il n'est pas sûr de les avoir tués.
Il avait apposé des points d'interrogation aux noms de mes parents. Mais que les noms figurent sur la liste était en

soi un signe. Il s'était souvenu de quelque chose à propos de cette nuit-là, quelque chose qui l'avait obligé à se poser des questions sur son éventuel rôle, et il ne m'avait rien dit.

– J'aimerais bien me souvenir, marmonnai-je. Ça résoudrait tous nos problèmes.

– Oui, mais on n'a pas toujours ce qu'on veut.

Je m'affaissai dans mon siège. Nick remonta sur la route, fit demi-tour et partit dans la direction opposée.

– Où est-ce qu'on va ?

– Voir Sam.

– Quoi ? m'étonnai-je. Tu sais où ils sont ?

– Sam me tient au courant.

– Et pourquoi est-ce que toi, tu as le droit de savoir où ils sont et pas moi ? Il ne me fait pas confiance ?

– C'était pour te protéger, rétorqua-t-il comme si j'étais idiote.

– On y sera dans combien de temps ? marmonnai-je.

– Trois heures.

– Super, dis-je, et pourtant, cela ne me paraissait pas suffisant.

Qu'est-ce que j'allais dire à Sam en le voyant ? Comment allais-je aborder le sujet ?

Je priai pour que ce ne soit pas vrai. Détester Sam, ce serait pire que de le perdre – même si les deux options m'étaient insupportables.

Nick nous conduisit à Grand Rapids où Sam, Cas et Dani squattaient dans une résidence de luxe en cours de saisie.

L'appartement qu'ils avaient choisi était tellement grandiose que ma colère s'en trouva décuplée.

Nick et moi roulions depuis près de seize heures presque sans interruption, nous avions échappé à des agents, nous étions entrés par effraction dans un cottage poussiéreux et puant le moisi. Et pendant ce temps-là, Sam patientait dans un appartement de luxe, avec trois chambres, deux salles de bains, une cuisine en marbre et une piscine privée. OK, la piscine était fermée, mais quand même...

Pour couronner le tout, Dani me parut encore plus belle qu'avant. À croire qu'elle s'était transformée en déesse pendant la journée. Elle portait un jean slim et un pull qui épousait à merveille sa taille de guêpe. Ses cheveux étaient propres, brillants, alors que les miens étaient gras et pleins de nœuds. J'avais du sang sur mon T-shirt et de la terre sous mes ongles.

La situation dans son ensemble me contrariait.

Ils m'observèrent tous longuement; il régnait un silence pesant dans la pièce.

Nick se tenait à côté de moi. Étonnamment, sa présence me rendit plus forte, plus téméraire, et je n'hésitai pas à dire ce que j'avais sur le cœur.

– Vous vous amusez bien? Si j'avais su que vous comptiez prendre des vacances, je me serais cachée dans une de vos valises.

Sam soupira.

– C'est vraiment obligé?

Je traversai le salon et déposai la liste sur le comptoir de l'îlot central de la cuisine, devant lui.

– J'ai trouvé ça dans notre chambre au chalet.

Il observa le morceau de papier sans comprendre.

– Qu'est-ce que c'est ?

– À toi de me le dire.

Il attrapa la liste en même temps que ma main et m'entraîna dans le couloir. Nick nous suivit, sans doute parce qu'il voulait entendre les explications de Sam. Ou bien parce qu'il avait peur de ce qui se passerait entre moi et Sam si Sam m'avouait pour une fois la vérité, quelle qu'elle soit.

Nous entrâmes dans une chambre vide et Sam ferma la porte.

– Est-ce que tu as tué mes parents ? lançai-je.

– Anna...

– Est-ce que tu as tué mes parents ?

– Je ne sais pas, admit-il en baissant les épaules.

– Tu as des flash-back concernant cette nuit ?

– Oui.

– Et qu'est-ce que tu vois ?

La grosse veine sur son front enfla tout à coup.

– Surtout toi.

– Qu'est-ce que je fais ?

– Tu pleures.

– J'ai du sang sur les mains ?

– Oui.

Soudain, une image m'envahit l'esprit : moi, à douze ans, penchée au-dessus de ma mère dont la poitrine est couverte de sang. Le sang sur mes mains était-il le sien ? Que signifiait ce souvenir ?

– Est-ce que tu sais qui les a tués ? insistai-je.
– Non, me répondit-il en me regardant dans les yeux. Je ne me souviens pas de ça.
– Il paraît que c'est dans ton dossier, dit Nick.

Sam secoua la tête.

– J'ai lu et relu mon dossier. Je n'ai rien trouvé à propos de cette nuit-là.
– Où sont la clé USB et l'ordinateur ? demandai-je.
– Reste là.

Il sortit de la chambre et revint une minute plus tard avec la clé et le portable, qu'il me tendit.

– Si tu découvres quelque chose, tu me le diras ?

J'attrapai l'ordinateur mais il ne le lâcha pas.

– S'il te plaît.
– Oui.
– On va s'installer dans un autre appartement, dit-il. Pour des raisons de sécurité.

Je vis dans ses yeux qu'il était complètement désemparé, encore plus que moi, et cela dissipa ma colère. J'avais envie de le toucher. De le réconforter. Je souhaitais que toute cette histoire ne soit qu'un affreux cauchemar.

– Je t'appelle si je trouve quelque chose, dis-je, et il quitta la chambre sans se retourner.

23

Une fois seule, je m'installai confortablement dans la plus petite des chambres, celle qui dominait la rue. Bien calée dans un coin, je posai l'ordinateur sur mes cuisses et commençai à lire.

Je passai vite sur les fichiers que j'avais déjà lus. Il s'agissait surtout de dossiers médicaux et de suivis thérapeutiques, comme ceux qu'on établissait au labo de la ferme. Pour autant, les voir fit remonter beaucoup de souvenirs à la surface, surtout qu'ils concernaient Sam.

Parmi mes tâches au labo, je devais noter les changements physiques chez les garçons. J'adorais ça. Au point que j'étais descendue au sous-sol pour m'en occuper le jour de mon dernier anniversaire, parce que je ne pouvais même pas envisager d'être ailleurs.

Mais les garçons avaient une autre idée en tête. Ils m'avaient organisé une fête surprise, un exploit considérable pour des prisonniers incapables de sortir de leur cellule. Ils avaient mis mon père dans la confidence, l'envoyant chercher la décoration, la nourriture et avaient même choisi mon cadeau.

Jamais personne ne s'était donné autant de peine pour mci.

Quand j'étais arrivée au labo, les lumières étaient éteintes. Mon père était descendu une heure avant moi, ce n'était donc pas normal.

– Papa, appelai-je.

Les lumières s'étaient allumées.

– Surprise ! crièrent-ils, sauf Nick, qui avait marmonné un truc inintelligible.

Des guirlandes vertes étaient accrochées aux cellules. Il y avait des ballons partout, même dans leurs chambres. Sur une table au milieu de la pièce trônait un gâteau sur lequel était écrit : « Joyeux anniversaire Anna ».

Je restai muette pendant un long moment, craignant d'éclater en sanglots si j'ouvrais la bouche.

Quand je repris mes esprits, je demandai :

– Mais qui a eu une idée pareille ?

– C'était une décision collective, répondit Sam, collé à la paroi vitrée de sa chambre, pendant que Cas et Trev secouaient la tête.

– Non, c'était une idée de Sam, rectifia Cas en souriant, et Sam baissa la tête, évitant mon regard.

Je m'approchai de lui, tout en cherchant à ignorer les papillons qui s'agitaient dans mon ventre.

– C'est vrai ?

Il releva la tête, le visage chaleureux, les yeux étincelants.

– Tu fais tellement pour nous. C'était la moindre des choses.

Plus tard, après le gâteau, mon père nous laissa seuls et les garçons m'offrirent chacun un cadeau.

Cas m'offrit un roman d'amour paranormal.

– Ils vont en faire un film, il paraît, dit-il. Alors ça doit être bien, non ?

Je n'eus pas le courage de lui dire que je l'avais déjà lu, ainsi que le deuxième tome.

Trev me donna une boîte de crayons de couleur – il savait qu'ils me faisaient envie. Nick m'offrit un foulard tout en me recommandant de ne pas m'étrangler avec.

Sam tenait à m'offrir son cadeau en dernier. Il glissa quelque chose dans la trappe, que j'ouvris de mon côté. Il n'avait pas fait de paquet cadeau, mais le contraire m'aurait étonnée. Je sentis donc la surface dure de la couverture en premier et, en l'examinant, compris qu'il s'agissait d'un carnet vierge.

Je ne lui avais jamais parlé du carnet de ma mère, du moins pas en détail. Certes, je le descendais de temps en temps au labo pour dessiner ou prendre des notes, mais il ne pouvait pas savoir combien c'était important pour moi.

– Un jour, me dit-il, tu auras rempli toutes les pages de ton journal, et je voulais m'assurer que tu en aurais un autre.

C'était un carnet tout simple. La couverture était noire, en tissu, sans rien d'écrit dessus. Je l'ouvris. Les pages à l'intérieur étaient épaisses, couleur blanc cassé et lisses.

Au moment de le refermer, j'aperçus un mot sur la première page.

À *Anna*, était-il écrit.
Parce que tu n'es jamais aussi heureuse que quand tu dessines.
Sam

Pour la première fois, je me vis à travers le regard d'un autre. Sam m'avait observée, sans que je m'en rende compte, et peut-être même qu'il me considérait autrement que comme la petite assistante du directeur.

Pour la première fois, mes sentiments pour lui me parurent fondés. J'avais raison de l'aimer comme je l'aimais.

Et si j'y avais pensé au moment où nous avions quitté la ferme, j'aurais emporté le carnet de Sam avec moi. Je regrettais de l'avoir laissé.

Comment ce Sam-là, celui dont j'étais tombée amoureuse, avait-il pu tuer mes parents ?

Je refusai d'y croire et trouvai des dizaines de bonnes explications.

Peut-être avait-il l'esprit embrouillé ? Peut-être était-ce de la légitime défense ?

Ou peut-être que Will s'était trompé ?

Je poursuivis ma lecture des fichiers. Ils contenaient des pages et des pages de notes sur les premiers examens de Sam. Ses résultats de tests de QI – tous élevés. Ses aptitudes physiques. Et même ses rythmes de sommeil.

Je continuai, fouillant toujours plus, ouvrant les fichiers que j'avais ignorés au début parce qu'ils portaient des noms imprécis comme « Modèles » ou « Entretien ». Enfin, quelque chose attira mon attention : un dossier intitulé « O'Brien » dans le dossier « Référence ». Je l'ouvris et tombai sur un autre dossier intitulé « Incident O'Brien ».

Comment avais-je pu le rater ?

Je l'ouvris. Il y avait des dates, des horaires de débriefing. Le compte rendu était très incomplet parce que la personne qui l'avait rédigé n'était pas présente dans la maison cette nuit-là.

Mais le fichier mentionnait un « témoin de confiance » et donc je parcourus le dossier jusqu'à trouver le témoignage de cette personne.

Aucun nom n'était cité, mais la conversation qu'il avait eue avec un agent de l'Agence était retranscrite.

> Témoin : Sam a obligé tout le monde à se rassembler dans l'entrée. Il avait une arme. Mr et Mrs O'Brien ont tenté de protéger leur fille mais Sam l'a entraînée vers la porte d'entrée.
> – Que personne ne bouge, a-t-il dit.
> Mr et Mrs O'Brien ont levé les mains. Sam a braqué l'arme sur eux.

> Agent : Et que faisait Dani pendant tout ce temps ?
> Témoin : Elle pleurait. Elle ne cessait de demander à Sam de poser son arme.

J'interrompis ma lecture. Dani m'avait assuré ne pas avoir été là. M'avait-elle menti ? À moins qu'elle ne s'en souvienne pas ? L'Agence lui avait-elle effacé la mémoire ?
Je repris.

> Profitant d'un moment d'inattention, Mr O'Brien s'est jeté sur Sam. Mais Sam a tiré et Mr O'Brien s'est écroulé. Mrs O'Brien s'est mise à hurler, et Sam l'a tuée elle aussi.
> Agent : Et ensuite ?
> Témoin : Dani lui a sauté dessus. Elle criait, le frappait. C'est à ce moment-là que les agents sont arrivés et elle s'est enfuie par la porte de derrière.

Je reposai l'ordinateur. J'avais envie de vomir. Sam avait tué mes parents ! C'était à cause de lui qu'on en était là, à cause de lui qu'on avait été intégrés au programme du labo de la ferme. Il avait détruit ma vie. Il m'avait privée de tout ce que j'aimais.

– Anna ? me dit Dani dans l'encadrement de la porte – je ne l'avais pas entendue arriver. Cas proposait qu'on aille chercher à manger et...

Me levant, je lui braquai l'ordinateur sous le nez.

– Lis ça.

– Euh... OK.

Elle prit l'ordinateur et lut le fichier. Quand elle atteignit la partie concernant Sam, un éclair de douleur transperça son regard.

– Oh, non, murmura-t-elle en me regardant. Je ne... Je ne me souviens pas de ça.

– C'est lui. Sam a tué nos parents.

– Peut-être qu'il y a une explication ?

– Non. C'est dans le dossier. Et Will a dit que c'était lui, et...

Elle déposa l'ordinateur par terre et prit mon visage entre ses mains.

– Si c'est vrai...

Un nœud se forma dans ma gorge.

– Où est Nick ? me demanda-t-elle en retirant ses mains.

– Je crois qu'il dort dans une autre chambre.

– Il faut que tu t'en ailles.

– Quoi, maintenant ?

– Anna, tu es en danger. Tu t'en rends compte ? Qui sait de quoi il est capable ? Mon Dieu... J'arrive pas à croire qu'il les a tués.

– Où est-ce que je vais aller ? murmurai-je.

– En qui est-ce que tu as confiance ?

– Euh... Mon père, peut-être.

– Eh bien, appelle-le.

– Et toi ?

Elle débrancha la clé USB et la glissa dans la poche de son jean.

– Si tu veux mon avis, ne fais confiance à personne. Même pas à moi.

– Mais tu es ma sœur, protestai-je, et, pour la première fois, cela me parut vrai.

– Et je te dis de t'en aller. Je me sentirai mieux quand je saurai que tu es en sécurité. Tiens, ajouta-t-elle en me tendant des clés de voiture. C'est le SUV bleu dans le parking.

– Où est-ce que tu...

– Chut, souffla-t-elle en pivotant vers la porte. Viens.

Elle passa la tête dans le couloir puis me fit signe de la suivre.

J'attrapai mon sac et sortis.

Au bout du couloir, elle me serra dans ses bras et m'embrassa sur la joue.

– Fais attention à toi, murmura-t-elle.

Puis elle me poussa dans la cage d'escalier et referma la porte avant que je puisse lui dire au revoir.

Le cœur battant à tout rompre, je dévalai les marches de l'escalier. Mais devant la porte menant au garage, j'hésitai un instant. Devais-je informer Nick, Cas, ou même Sam, de mes découvertes ?

Je ne voulais pas me retrouver seule.

Je ne voulais pas partir.

Après tout, il devait y avoir une bonne explication, non ? *Je peux prendre le risque*, pensai-je.

Mais une petite voix dans mon cerveau m'enjoignait

de partir. J'étais forte, je pouvais me débrouiller toute seule.

Je montai dans le SUV, insérai la clé dans le contact et sortis du parking.

24

Ayant laissé mon téléphone portable à l'appartement, je dus partir à la recherche d'un téléphone public et errai pendant une bonne heure avant d'en trouver un. Et il me fallut dix minutes supplémentaires pour rassembler les pièces nécessaires à l'appel.

Mon père répondit dès la deuxième sonnerie.

– Allô ? dit-il d'un ton prudent.

– Papa, c'est moi. Je n'ai pas beaucoup de temps. Je t'appelle d'une cabine.

– Si tu m'appelles d'une cabine, c'est que tu as des ennuis.

Agrippant le combiné, je contemplai le parking de la station-service où je me trouvais. Le jour poignait et certains lève-tôt venaient faire le plein d'essence, de café et de donuts avant d'aller travailler. Une bonne odeur de pâte frite parvint jusqu'à moi.

Mon estomac gargouilla.

– J'ai besoin que tu m'héberges quelques jours, dis-je.

– Anna, souffla-t-il. Tu sais que c'est risqué et...

Brusquement, je me mis à pleurer.

Un torrent de larmes se déversa sur mes joues. Fermant les yeux, je tentai de me ressaisir, mais j'en étais incapable.

– Où es-tu ? Toujours dans le Michigan ?

– Oui, hoquetai-je.

– De quel point de rendez-vous es-tu la plus proche ?

Une semaine après notre évasion du QG de l'Agence, mon père et moi avions établi une liste de points de rendez-vous dans le Michigan, et ailleurs dans le pays. Avec un simple mot-clé, nous pouvions à présent nous retrouver facilement.

Sans être paranos, nous ne pouvions compter sur le fait que personne ne nous écoutait. Après tout, l'homme portant un costume trois pièces et une cravate rouge qui traînait en ce moment près des journaux pouvait très bien être un membre de l'Agence.

Il fallait que je reste sur mes gardes. Toujours.

– Je ne suis pas trop loin du point 4.

À savoir Springfield, Michigan, à quelques kilomètres de Grand Rapids, et mon père et moi avions choisi le jardin public, en centre-ville, comme lieu de rendez-vous.

Je n'y étais jamais allée mais j'avais repéré l'endroit au préalable sur une carte du Michigan.

– J'en ai pour trois heures et demie de trajet, me dit mon père. Je t'y retrouve bientôt.

– Merci, soufflai-je.

– D'ici là, fais attention à toi, OK ?

– Oui.
– Et Anna ? ajouta-t-il. Est-ce que les garçons sont avec toi ?

Je fermai les yeux de nouveau et enroulai le cordon du téléphone autour de mon index.

– Non, je suis seule.

Mon père soupira ; ma réponse ne le surprenait pas.

– On se voit bientôt, OK ?
– Dépêche-toi, s'il te plaît.
– Promis.

J'achetai un café et un donut à la station-service et m'assis dans le parking, histoire de profiter tranquillement de mon petit déjeuner.

Ne voulant pas arriver au point 4 trop tôt, je traînai dans la station-service pendant une bonne heure puis remontai dans la voiture et me dirigeai vers l'autoroute. J'arrivai au parc de Springfield un peu avant neuf heures.

Le parc était grand, près de vingt kilomètres carrés, et comptait six zones de stationnement. Mon père et moi étions convenus de nous retrouver près d'un banc situé au cœur du parc, à côté d'une fontaine.

Assise sur le banc, je remontai mon manteau afin de me protéger du froid. La fontaine derrière moi ne fonctionnait pas et le bassin était encombré de détritus et de feuilles mortes. L'aire de jeux au pied de la colline était déserte.

J'eus l'impression d'attendre une éternité. Quand

mon père arriva enfin, nous nous observâmes en silence, gênés et incapables de parler. Nous n'étions ni l'un ni l'autre du genre démonstratif.

– Ça me fait plaisir de te voir, dit-il en fourrant ses mains dans ses poches.

– Moi aussi.

Je l'examinai un instant. Il me sembla avoir beaucoup vieilli pendant ces quelques semaines. Je remarquai de nouvelles rides aux coins de ses yeux et autour de ses lèvres.

– Comment ça va ? demandai-je.

– Ça va, répondit-il en haussant les épaules. Et toi ? Tu as maigri. Est-ce que tu manges correctement ?

– Oui. Je fais du sport avec les garçons.

Il n'insista pas sur mon intérêt soudain pour les sports d'endurance, il savait très bien pourquoi je m'y étais mise. Après tout, il était en partie responsable de mon nouveau style de vie. Il avait travaillé pour l'Agence pendant longtemps. Et il avait dirigé le programme Altérant auquel les garçons et moi avions participé malgré nous.

Mais je ne lui en voulais pas. Pas vraiment. Il avait agi comme il estimait devoir agir. Et il nous avait aidés quand cela s'était avéré nécessaire.

Pour autant, il se sentait coupable. Par conséquent, je mentionnais l'Agence le moins possible.

– Viens, me dit-il en indiquant le parking derrière lui. Mettons-nous à l'abri du froid.

Ayant prévu de me débarrasser de ma voiture, j'avais

apporté mes affaires. Mon père me conduisit à un pick-up passablement rouillé, couleur indigo avec des bandes blanches sur les côtés.

Je montai à l'intérieur, posai mon sac à mes pieds. Mon père s'installa sur le siège conducteur et fit démarrer la voiture après lui avoir murmuré quelques paroles rassurantes.

– Que je puisse conduire une Chevy de 1981 ne traversera jamais l'esprit des agents de l'Agence, me dit mon père en souriant. C'est une bonne voiture pour passer inaperçu.

– Je la trouve chouette.

– Ne te sens pas obligée de mentir. Elle pue la cigarette et roule assez mal. Mais ça me suffit.

– C'est tout ce qui compte.

Mon père roula en direction du sud en empruntant des petites routes. Il ne neigeait plus, mais les conditions de circulation n'étaient pas optimales et les rues difficilement praticables.

– Tu veux m'expliquer ce qui se passe ? demanda-t-il enfin. Aux dernières nouvelles, je devais me renseigner sur d'éventuelles techniques de contrôle à distance pour Sam. Maintenant, tu es seule et tu as besoin de mon aide. Sam est-il manipulé par l'Agence ?

– Non, du moins pas qu'on sache.

– Ah, tant mieux, dit-il, soulagé. Je ne pense pas que l'on soit assez forts pour affronter Sam.

En effet, nous ne l'étions pas.

– Alors, raconte-moi.

– Je ne sais même pas par où commencer.
– Par le début, c'est mieux.
Je lui fis part de tout ce que j'avais appris. Mon père m'écouta tout en mâchonnant son éternelle paille.
– Tu soupçonnes Sam d'avoir tué tes parents ? demanda-t-il. C'est une sacrée théorie.
– Ce n'est pas une théorie. C'était écrit dans les dossiers de Sam. Et mon oncle était présent, ce soir-là.
– Ton oncle ? s'étonna mon père en fronçant les sourcils.
– Oui. Pourquoi ?
– Rien, dit-il en haussant les épaules. On m'avait assuré que tu n'avais plus de famille. Cela dit, je n'aurais certainement pas dû croire tout ce que me disait Connor, mais je ne savais pas que tu avais un oncle, quelque part. Si j'avais su...
– Papa, ce n'est pas grave. Vraiment.
– Oui, peut-être... Bref, reprit-il en se raclant la gorge. Tu penses que les garçons ont pu être victimes de ces nouvelles techniques de lavage de cerveau ?
– Oui. Sam t'a parlé des garçons que nous avons libérés du labo delta ?
– Oui.
– L'Agence a peut-être reprogrammé Sam et Cas quand ils étaient enfermés au QG de l'Agence il y a quelques mois.
– Mais, observa mon père en levant l'index, s'ils ont été manipulés, pourquoi n'ont-ils pas été activés lors de votre tentative d'évasion ? Connor aurait pu s'épargner

bien des ennuis et même rester en vie. Ça ne me paraît pas logique.

– Oui, c'est sûr, admis-je.

– Et pour être tout à fait honnête, Anna, je ne prendrais pas ce qu'il y a dans ces dossiers pour argent comptant. Même si les intentions de Trev étaient bonnes, cela ne veut pas dire que les informations sont vraies.

– Mais comment pouvaient-ils prévoir que Trev nous donnerait les fichiers et donc y implanter de fausses informations ?

– Je ne sais pas. Est-ce que la clé USB a été en ta possession pendant tout ce temps ? Quelqu'un d'autre a-t-il pu s'en emparer ?

– Pour en modifier le contenu, tu veux dire ? demandai-je, et mon père acquiesça. Je crois que Sam l'a eue sur lui depuis qu'on a quitté le chalet.

– Personne n'a pu y accéder ?

– Pas que je sache... Euh, attends, si. Greg. Ou n'importe lequel des trois garçons du labo delta.

– Voilà, tu as ta réponse, déclara mon père en ralentissant à un feu rouge.

Pour la première fois, je me pris à espérer.

Mon père mit son clignotant. On ne percevait désormais que le ronronnement du moteur.

Quelque chose d'autre ne collait pas – mais quoi ? Bien que distinguant les différents morceaux du puzzle dans ma tête, je n'arrivais pas à les assembler. À mon avis, Greg ou les autres n'auraient pas eu le temps de trafiquer les dossiers. Par ailleurs, ils n'avaient perdu les pédales qu'à la fin : pourquoi auraient-ils été consciemment semer de fausses infos ?

Greg, Jimmy et Matt m'avaient paru sincèrement contents de sortir de ce labo. Quand ils avaient été activés, ils n'avaient eu qu'une idée en tête : tuer Sam, Cas et Nick. Greg avait frappé Dani mais il l'avait ignorée dès qu'elle avait disparu de son champ de vision.

Une seule personne avait pu accéder à cette clé USB : Dani. Et c'était elle la dernière personne à avoir parlé à Greg. Que lui avait-elle dit ?

Un truc bizarre, une expression qu'on n'utilisait pas souvent.

C'était... « sur vos gardes ». *Soyez sur vos gardes*, avait-elle dit.

Dani avait-elle activé les garçons ? Et n'avait-elle pas insisté pour que je parte pendant que les garçons se battaient ?

– Où est ton téléphone ? demandai-je à mon père.

– Dans le réceptacle central.

À toute vitesse, je composai le numéro de Sam. Personne ne décrocha. Je réessayai. Même résultat.

Je décidai d'appeler Nick. Pareil, ça sonnait dans le vide.

– Tu peux faire demi-tour ? Il faut qu'on retourne à Grand Rapids.

– Tu es sûre ?

– Oui. Je... J'ai besoin de parler à Sam. D'ailleurs, j'aurais dû commencer par ça.

À l'intersection suivante, mon père fit demi-tour.

Alors que nous roulions dans la direction d'où nous venions, je repensai à toutes les conversations que j'avais eues avec Dani.

L'une de nos premières discussions portait sur ma relation à Sam. Nick trouvait bizarre que Dani n'ait pas davantage réagi à la nouvelle, mais Sam et Dani étaient séparés depuis cinq ans.

Nick m'avait confié ne pas faire confiance à Dani.

Et Nick avait souvent raison.

Le trajet jusqu'à la résidence de luxe me parut infini. D'autant plus que je ne me souvenais pas bien où elle était située. Lorsque nous pénétrâmes dans le parking vide, je faillis bondir du pick-up.

– Attends, me dit mon père, mais j'en étais incapable.

Il fallait que je voie les garçons, que je m'assure qu'ils allaient bien. Que je ne venais pas de commettre la plus grosse erreur de ma vie.

J'avais choisi de faire plus confiance à Dani qu'à Sam, Nick ou Cas.

Dani était peut-être ma sœur, mais je ne savais rien sur elle.

Nick m'avait prévenue, et je ne l'avais pas écouté.

Je poussai la porte en fer menant à la cage d'escalier. Les ascenseurs ne marchaient pas et j'étais bonne pour monter les sept étages à pied – les garçons étaient si près et pourtant encore hors de portée.

– Je ne peux pas aller aussi vite que toi, me dit mon père alors que je grimpai les marches quatre par quatre.

– C'est au septième étage. Appartement 722.

Arrivée devant la porte du septième étage, je m'arrêtai et jetai un œil par le hublot. Le couloir était plongé dans le noir et tout me paraissait normal.

Le cœur tambourinant, je tirai sur la porte. Elle s'ouvrit sans faire de bruit et je me glissai dans le couloir. Regardai à droite, à gauche. Rien à signaler.

Je m'avançai jusqu'au 722.

La porte d'entrée était entrebâillée.

Je sortis mon arme et passai la tête dans l'ouverture tout en m'accroupissant afin d'être plus difficile à atteindre.

Pas un bruit.

Pas une lumière.

Rien.

Je poussai la porte du coude et elle pivota en grinçant.

Des morceaux de verre éparpillés jonchaient le sol. Dans la cuisine, une porte de placard avait été arrachée et avait atterri devant la buanderie. L'un des brûleurs du four avait été balancé de l'autre côté de la pièce.

Sur le seuil, je me figeai. Si je fouillais l'appartement et le trouvais vide, si je m'apercevais qu'ils avaient disparu, je saurais que ma sœur m'avait trahie, que j'avais fait confiance à la mauvaise personne. Alors que si je restais là, dans l'entrée, tout était encore possible.

Faites que ce ne soit pas vrai.

– Nick, lançai-je, et ma voix résonna dans l'appartement, accentuant ma solitude. Sam ? Cas ?

Rien.

Mon père entra dans l'appartement.

– Oh, non, soupira-t-il.

Je fis le tour de l'îlot central de la cuisine, traversai le couloir en courant, vérifiai les chambres, les salles de bains, les placards. Rien. Personne. Ils n'étaient pas là.

Dans la cuisine, mon père observait un morceau de papier plié en deux et fixé sur le réfrigérateur chromé.

– C'est pour toi, me dit-il – il le détacha et me le tendit.

Je le dépliai et reconnus tout de suite l'écriture.

– C'est Riley, annonçai-je. « Merci pour ta coopération dans cette entreprise de nettoyage. On n'aurait pas pu y arriver sans toi. Sam, Cas et Nick se sont vaillamment battus jusqu'à ce qu'on leur dise que tu étais déjà à l'Agence. Ensuite, ils se sont laissé mener sans protester. Cela m'a rendu la tâche bien plus facile. P.-S. : le mot que tu cherches, c'est "effacé". »

Je fronçai les sourcils.

– Qu'est-ce que ça veut dire ?

Mon père me contourna et ramassa le brûleur en fonte dans le salon. En silence, il se redressa et me regarda.

– Papa ?

Il avait le regard vide, absent.

Le visage impassible, il abattit le brûleur sur ma tête.

Je l'évitai. Tombai. Me relevai. Esquivai une deuxième fois.

– Papa !

Il ramena son bras en arrière, brandit de nouveau le brûleur. Sans jamais le quitter des yeux, je reculai derrière l'îlot, mais je trébuchai sur la porte détachée du placard et m'affalai sur le parquet.

Alors que le brûleur se précipitait sur moi, je compris mon erreur.

L'Agence n'avait pas manipulé les cerveaux des garçons.

Ils avaient manipulé celui de mon père.

25

Je sentais le mouvement de va-et-vient de la voiture sous moi mais j'étais incapable d'ouvrir les yeux.

Des voix résonnaient dans ma tête, m'emprisonnant à l'intérieur d'un rêve ou d'un vieux souvenir – je n'aurais su dire.

Un flash. Une fille avec des cheveux auburn, qui tournoient sans cesse. Et mes cheveux à moi, blonds comme les blés, qui me fouettent le visage.

– Envole-toi, moineau, cria Dani.

Elle me lâcha et je volai dans les airs, atterrissant dans un plouf. Je plongeai sous l'eau, sombrai, puis remontai à la surface en donnant quelques coups de pied, essoufflée.

– Alors, c'était bien ? me demanda Dani en riant.

– C'était génial ! m'écriai-je, et elle rit de plus belle.

Sam apparut derrière elle. Il enroula ses bras autour de sa taille et je cessai de sourire. Parce qu'elle ne me regardait plus. Elle n'avait d'yeux que pour lui.

Des bulles d'air surgirent à la surface de l'eau à deux mètres de moi et, l'instant d'après, Nick apparut. Il bascula la tête en arrière et s'ébroua, comme un chiot. Des gouttes d'eau m'aspergèrent le visage.

Derrière lui, Cas courait sur le ponton. Il sauta et fit une bombe dans l'eau. La vague me surprit et je bus la tasse.

– Cas ! m'écriai-je alors qu'il jaillissait de l'eau en riant.

– T'es vraiment qu'un crétin, déclara Nick.

– Peut-être mais au moins je suis beau gosse ! répliqua-t-il.

Je me tournai vers la plage. Sam et Dani s'étaient éclipsés.

– Tu crois que tu peux atteindre l'île, là-bas ? me demanda Nick.

Plissant les yeux, je regardai au loin. À quelques centaines de mètres se trouvait un îlot, relativement désert hormis un bosquet de pins. J'étais prête à y nager, surtout parce que Nick me mettait au défi.

– Oui, dis-je, et je commençai à nager.

Cas me doubla.

– Je vais arriver avant vous ! hurla-t-il avant de disparaître sous l'eau.

Je nageais tel un petit chien, ne sachant pas bien encore faire les mouvements. Pas comme Dani. Pas comme les garçons.

Nick passa aussi devant moi et j'accélérai.

Très vite, mes jambes et mes bras fatiguèrent, et l'îlot me parut bien plus loin que ce que j'avais cru.

Et si je n'y parvenais pas ?

Un sentiment de doute se logea dans ma poitrine, m'étreignit la cage thoracique, et je cédai à la panique.

Je me débattis, mes mains agrippant la surface de l'eau,

mais ça ne m'aida en rien. Comme une pierre, je coulai, et de l'eau m'envahit la bouche.

J'avais des crampes aux cuisses. Mes poumons étaient en feu. Je ne pouvais plus respirer.

J'allais me noyer.

Une main m'attrapa le poignet et me hissa à la surface.

Je crachai, toussai, emplis mes poumons d'air au risque d'en priver le reste du monde.

– Ça va ? me demanda Nick et je m'accrochai à lui, enroulant mes bras autour de son cou. Monte sur mon dos. Je vais nous ramener à la plage.

Hochant la tête, je lui enjambai la taille.

Cas nous rejoignit.

– Ça va, moineau ? me demanda-t-il.

Non, ça n'allait pas. J'avais envie de pleurer.

– Oui, ça va, bredouillai-je, et Nick ricana.

Cas atteignit la plage en premier afin d'aider Nick à sortir de l'eau. Il me déposa ensuite au pied d'un pin, sur un lit d'aiguilles orangées. Nick apparut quelques secondes après avec son sweat-shirt bleu marine qu'il enroula autour de mes épaules.

– Regarde-moi, dit Cas en me soulevant le menton. Qui je suis ?

– Cas, répondis-je en claquant des dents.

– On est quel jour ?

– Samedi.

– Elle a failli se noyer, imbécile, grommela Nick. Elle n'a pas été renversée par un bus.

– *Son cerveau a peut-être été privé d'oxygène, ce qui peut entraîner des lésions, crétin.*
– *Je vais bien,* dis-je en tremblant comme une feuille.
Les garçons échangèrent un regard.
– *Surtout, on ne dit rien à Dani,* dit Cas.
– *Je suis d'accord,* répondit Nick en tirant sur son T-shirt.
Je levai la tête.
– *Pourquoi ? leur demandai-je.*
– *Parce qu'elle nous tuerait,* expliqua Cas en se séchant les cheveux avec une serviette. *Elle nous tuerait jusqu'à ce qu'on soit morts. Et après, elle nous tuerait encore.*
Il passa sa main dans mes cheveux.
– *Rien n'est plus précieux à ses yeux que son moineau.*

La voiture s'arrêta. Ouvrant les yeux, je fus aveuglée par la lumière du soleil et me redressai. Quelque chose me comprimait la poitrine. Une ceinture de sécurité. La radio diffusait de la country.

Dani était au volant.

– Hé, dit-elle.

Je me raidis instantanément.

– On est où ?
– Tu es en sécurité.
– Où est mon père ? Où sont les garçons ?
– Ils sont en sécurité aussi.

Une douleur sourde sur mon front attira mon attention. Sans réfléchir, j'y amenai ma main et grimaçai en sentant l'énorme bosse. Du sang séché se répandit sur mes doigts. Mon estomac me remonta dans la gorge et je dus me mordre la lèvre pour ne pas vomir.

Un trauma crânien, sans doute. Mon père n'avait pas ménagé ses efforts.

– Où va-t-on ? repris-je.

– Là où on sera en sécurité, répondit-elle en mettant son clignotant et en tournant à droite.

– Pourquoi tu nous as trahis ? demandai-je – j'avais besoin de la distraire pendant que je réfléchissais.

Je n'avais pas d'armes. J'étais blessée. Je ne savais pas où j'étais. Ni où étaient les garçons.

Avant tout, j'avais besoin d'informations. Ensuite, je pourrais agir.

– Je ne t'ai pas trahie, répondit-elle, la voix empreinte de tristesse. J'ai fait ce qu'il fallait pour te sortir de là.

Elle tourna à gauche. Dans la rue, il n'y avait que des entrepôts et des usines.

– D'où ?

– De l'Agence.

Elle s'engagea sur un parking derrière un vieil immeuble en brique à deux étages. Les fenêtres, dont certaines étaient brisées, étaient orientées d'est en ouest.

Elle descendit de la voiture, prenant les clés avec elle. J'examinai l'habitacle, cherchant quelque chose qui pourrait me servir d'arme, mais ne trouvai rien.

Je tirai sur la poignée, basculai en avant et manquai de tomber par terre. Dani accourut en un éclair et **me** prit par le bras.

– Ça va ? me demanda-t-elle, visiblement inquiète.

J'hésitai. Je pouvais lui mentir et lui dire que j'allais bien ou lui dire la vérité et admettre que j'avais mal. Du coup, elle me penserait fragilisée, ce qui pourrait me servir plus tard.

– Je ne me sens pas très bien, dis-je en frottant la bosse sur mon front.

– Je te donnerai un antidouleur dès qu'on sera à l'intérieur, m'assura-t-elle en m'agrippant plus fort. On y est presque.

Nous fîmes le tour du bâtiment jusqu'à atteindre des portes battantes nichées sous un ancien portail. Elles n'étaient pas fermées et nous entrâmes sans problème.

– C'est quoi, cet endroit ? demandai-je.

– C'est un labo. Je travaillais ici, avant.

Ça ne ressemblait pas à un labo. Les couloirs étaient poussiéreux, les plafonds truffés de toiles d'araignée. Le moindre centimètre carré de mur était tagué. L'endroit était désert et on entendait le vent souffler à travers les interstices.

– Par ici, dit-elle, et elle me mena à un bureau marqué « Comptabilité ».

Devant la porte, elle tapota sur un clavier numérique argenté et un petit écran apparut. Elle posa sa main sur la surface verte et la machine lut son empreinte.

Une fois les vérifications terminées, la porte s'ouvrit en sifflant. Un homme – un agent en uniforme – vint à notre rencontre.

– Bonjour, miss O'Brien, dit-il en nous tenant la porte ouverte.

Un élan de panique me saisit.

– On est à l'Agence ?

– Tu es en sécurité, ici, m'assura-t-elle. Viens.

– Non. Je n'entre pas là-dedans avec toi. Si ça se trouve, je n'en sortirai jamais.

– Cal, dit Dani à l'agent. Vous pouvez m'aider ?

Cal m'attrapa le poignet et me tira à l'intérieur. Dani verrouilla la porte derrière nous.

Nous longions à présent un corridor que des néons au plafond éclairaient, et qui aboutissait à une cage d'ascenseur. D'ailleurs, un ascenseur nous attendait.

Je frémis.

– Je te jure que tout va bien se passer, moineau.

Dani se tourna vers moi, le visage ouvert, franc. Elle ne me ferait aucun mal, du moins pas physiquement, mais plus nous descendrions, plus cela me serait difficile de m'évader. Le couloir était très étroit et je n'avais pas remarqué d'autre sortie. L'agent portait un fusil d'assaut en bandoulière et une arme à feu à la taille. À lui seul, il pouvait me bloquer le passage.

– Allez, viens, insista Dani d'une voix douce.

Elle appuya sur le seul bouton du panneau de commande de l'ascenseur. J'en déduisis que le labo ne possédait qu'un sous-sol et que cet étage ne devait pas être bien profond. Peut-être y avait-il un conduit d'aération auquel je pourrais grimper ? Ou un accès livraison ?

Il était peu probable qu'ils transportent leur matériel dans ce couloir étroit.

Les portes de l'ascenseur se refermèrent et la cabine descendit.

– Que va-t-il arriver aux garçons ? demandai-je.

– Je ne sais pas, me répondit-elle en redressant la tête. Du moins, pas encore.

Un tintement annonça l'ouverture des portes. Je pénétrai alors dans un labo en pleine effervescence.

Au plus près de nous se trouvaient de longues paillasses, sur lesquelles étaient posés des flacons, des microscopes, des plateaux. Dans un coin, derrière un mur en verre, j'aperçus des tapis de course qui disposaient chacun de plusieurs écrans. Au fond, des employés en blouse blanche étaient installés devant des ordinateurs.

L'endroit me paraissait trop propre, trop stérile, et me filait la chair de poule.

Pendant que nous traversions l'immense pièce, de nombreuses personnes vinrent saluer Dani. Ils l'appelaient miss O'Brien, comme si elle avait été quelqu'un d'important.

Au détour d'une rangée de bureaux où travaillaient des techniciens, un petit homme au visage plein de taches de rousseur, les bras chargés de dossiers, s'avança vers nous. Il était à peine plus âgé que moi. Vingt-trois ans, peut-être.

– Miss O'Brien, dit-il. Vous êtes en avance.

Il se prit les pieds dans un câble électrique, trébucha

en avant, heurta le pied d'un bureau avec son genou et serra les dents pour ne pas crier.

— Ça va ? lui demandai-je, et il me remarqua enfin.

— Ah, c'est vous, dit-il en hochant la tête. C'est un plaisir de faire enfin votre connaissance. Je m'appelle Brian Lipinski, ajouta-t-il en me tendant la main.

Je l'observai longuement. J'étais ici contre mon gré, non ? Je ne projetais pas de me faire des amis.

— Euh... OK, bafouilla-t-il en ramenant son bras. Pas de poignée de main. Pas de problème.

Dani fit claquer ses doigts.

— Brian ?

— Hein ? Euh, oui. OB est dans la salle du fond, il t'attend.

« OB ». Ces initiales me disaient quelque chose.

Dani le remercia en marmonnant et m'entraîna dans un autre couloir puis dans un bureau.

Où m'attendait mon oncle Will.

En l'apercevant, je me figeai.

Que faisait-il ici ? Il n'y avait pas d'autre agent dans la pièce, il n'était donc pas retenu prisonnier.

Un instant...

Tous mes sens se mirent en alerte.

OB.

J'avais lu ce nom dans les dossiers concernant Dani. Un certain OB demandait une révision du planning.

OB. O'Brien.

Will O'Brien.

— Mon Dieu, soufflai-je.

Je reculai et me jetai sur la porte, cherchant la poignée à tout prix et ne la trouvant pas. Me retournant, j'appuyai sur une fissure dans le bois, mais il ne se passa rien.

– Tu ne lui as pas encore administré de sédatif? demanda Will.

– Non. Je voulais d'abord lui parler.

– Sans le sédatif, comment espérais-tu qu'elle réagisse en me voyant? Tu crois que tu peux lui parler alors qu'elle est dans cet état?

Une main se posa sur mon épaule. Sans hésiter, j'attrapai le poignet, pivotai sur moi-même et coinçai la cheville de Will sous le talon de ma botte. Puis je ramenai son bras dans son dos, selon un angle bizarre. Une grimace de douleur lui tordit le visage.

– Anna, marmonna-t-il. On veut juste te parler.

J'avais le cœur qui battait dans mes tempes, des gouttes de sueur perlaient sur mon front. Je tentai de contrôler ma respiration, comme me l'avait enseigné Sam.

Je relâchai Will et il se détendit.

– Assieds-toi, me dit-il tout en remuant le bras.

J'observai le gros fauteuil en cuir. En fait, nous étions dans un bureau. Des étagères en bois foncé tapissaient le mur à ma gauche. Au fond se trouvait une table de travail, où Will avait été assis avant notre arrivée. Entre la table et la porte siégeaient quatre fauteuils en cuir.

– Non, merci.

Je ramenai les mains derrière mon dos, regrettant – ô

combien – de ne pas pouvoir dégainer mon arme. Je me sentais démunie sans arme, et c'était un sentiment très désagréable.

– Très bien.

Will croisa les bras sur sa poitrine. Il n'était pas très grand, mais il n'était pas petit non plus. Peut-être un mètre quatre-vingts, et de corpulence moyenne. J'étais à peu près sûre de pouvoir le battre en combat singulier mais, face à Will et à Dani, mes chances me parurent moins élevées. Du moins pour le moment.

J'avais besoin de mieux connaître mon environnement. D'en cerner les points faibles. Et il fallait aussi que je trouve les garçons.

– Alors, par quoi on commence ? demanda Will.

– Commence par m'expliquer ce qui se passe. Est-ce que tu travailles pour l'Agence ?

Dani s'assit sur le bord du bureau et allongea les jambes.

– Autant lui dire la vérité, Will.

Will se retourna et adressa à Dani un regard que je ne saisis pas. Quand il revint vers moi, son visage était de nouveau impassible.

– Je ne travaille pas pour l'Agence. J'ai créé l'Agence.

– Quoi ?

– Ce qui fait de nous les princesses du château, enchaîna Dani d'une voix triste, et je compris qu'elle considérait cela comme une malédiction.

Cette révélation manqua de me faire vaciller. Comment un membre de ma propre famille avait-il pu engendrer ce cauchemar ? Comment pouvait-il y avoir pire que Riley et Connor ?

— Mais tes hommes m'ont tiré dessus. J'ai failli mourir à plusieurs reprises.

— Ta vie n'a jamais été en danger, répondit Will en levant les mains. Je m'en suis assuré. Et si quelqu'un m'a désobéi, il aura affaire à moi.

— Je ne veux pas être impliquée. Tout ce qui m'importe, ce sont les garçons. Et vivre ma vie tranquille.

— Je ne peux pas l'autoriser, dit-il en secouant la tête. Je suis désolé.

— Nous avons passé un accord, déclara Dani.

Elle se redressa et s'approcha de moi, les larmes aux yeux. Je retins mon souffle, attendant de savoir quel genre d'accord elle avait passé.

— Tout ce que je fais, tout ce que j'ai fait, c'est pour toi.

Elle plissa les lèvres, prit une grande respiration et redressa les épaules — à croire qu'elle appréhendait ma réaction.

— Notre liberté, à toi et à moi, en échange des garçons.

Un frisson glacial me parcourut l'échine.

— Non, protestai-je. Non.

— J'ai déjà passé l'accord, moineau, dit-elle en inclinant la tête sur le côté.

Je serrai les poings.

— On a toujours les dossiers que Sam a volés il y a cinq ans, avec les listes de contrats, les données des labos...

– Je sais, m'interrompit Will. Et c'est pour ça que tu es ici.

– Qu'est-ce que tu...

Tout à coup, je compris. Il comptait se servir de moi comme monnaie d'échange, pour que Sam accepte de céder les dossiers.

Ce qu'il serait capable de faire.

Mais jamais Will ne nous relâcherait, moi et les garçons. Le prix à payer pour notre liberté était trop élevé, même en échange des dossiers.

– Je ne te le pardonnerai jamais, dis-je à Dani. Jamais. Je te traquerai jusqu'à ta mort, et je m'assurerai que tu restes morte, cette fois.

Soudain, la porte s'ouvrit derrière moi. Un agent entra, un fusil d'assaut dans le dos. Un autre homme le suivait – que je reconnus : Greg.

– Greg, dis-je, prudente. C'est moi, Anna. Est-ce que tu...

Je voulais lui demander si c'était bien à lui que je parlais mais la question me parut stupide.

– Laisse tomber, me dit Dani. Il a été activé et il le demeurera jusqu'à ce qu'il ait accompli sa mission.

– À savoir ?

– Tuer Nick, Sam et Cas, répondit Will.

Il se dirigea vers une porte dérobée derrière le bureau.

– Appelle-moi quand ils arrivent, dit-il à Dani.

Ensuite, il fit un signe de la tête à Greg qui m'agrippa la taille et me souleva. Prise de panique, je me débattis dans tous les sens.

– Non ! Greg ! S'il te plaît, écoute-moi !
– Ce sera bientôt fini, dit Dani.
Elle renifla, s'essuya le nez avec le dos de la main.
– Demain à la même heure, tu ne te souviendras plus de rien. Ce sera comme si on n'avait jamais été séparées.
Les deux hommes m'escortèrent hors de la pièce. Je donnai un coup de pied à l'agent à ma gauche, un autre à Greg à ma droite, mais je n'avais pas assez d'élan pour causer beaucoup de dégâts.
Nous traversâmes un couloir et ils me jetèrent dans une pièce minuscule. Après être ressortis, ils verrouillèrent la porte, à laquelle je frappai aussi longtemps que possible.
Épuisée, les mains endolories, je finis par m'écrouler sur le lit dans le coin et pleurai jusqu'à ce que le sommeil m'emporte.

26

On me réveilla quelque temps plus tard. Groggy, les paupières lourdes, je ne reconnus pas tout de suite la personne en face de moi. Je m'assis, frottai mes yeux ensommeillés et les ouvris.
Riley.
– Bonjour, dit-il. J'ai une mission pour toi.
Il fit un geste de la main et deux agents entrèrent dans la chambre.
– Quel genre de mission ? demandai-je.
Personne ne me répondit.
Les agents m'agrippèrent et m'entraînèrent dans le couloir, Riley menant la marche. J'avais l'impression de ne pas avoir mangé depuis des siècles et j'étais trop fatiguée pour me battre. J'avais la bouche sèche et la langue gonflée, et j'en conclus que j'étais aussi déshydratée.
Au bout de quelques tournants, Riley s'arrêta devant une porte en acier, qu'il ouvrit avec une carte magnétique. Les murs et le sol étaient en brique grise. Au milieu trônait une chaise pliante en métal.

Les agents me poussèrent à l'intérieur. Là, je me rendis compte que je n'étais pas seule.

Sam était accroché au plafond dans un coin, les bras hissés au-dessus de la tête à l'aide de lourdes chaînes fixées à ses poignets. Quand il me vit, il s'agita, contractant chaque muscle de son corps et faisant tinter les chaînes. Il était pieds nus, torse nu et ne portait qu'un pantalon noir.

Des ecchymoses constellaient son torse, ses bras, son visage. Il avait une balafre sur la joue recouverte de sang séché.

Ils envisageaient de le torturer devant moi ? Pour que je leur cède les dossiers ? Ou peut-être la clé USB ?

Et j'avais peur qu'ils ne parviennent à leurs fins. Comment pouvais-je résister ? Non seulement l'Agence aurait gagné, mais Sam verrait combien j'étais lâche.

On m'installa sur la chaise pliante, on m'attacha les mains derrière le dos et les chevilles aux pieds de la chaise. Pendant tout ce temps, je ne quittai pas Sam des yeux, et il ne cessa de me regarder.

On pouvait s'en sortir, non ?

Je suis désolée, murmurai-je.

Tout ça, c'était ma faute.

Parce que j'avais douté de lui.

Parce que j'avais cru les mauvaises personnes et accepté leur version des faits.

Je tentai de me préparer à la suite. Sam était fort, réfractaire à la douleur. Par-dessus tout, il voudrait que je tienne bon.

Je peux y arriver, pensai-je.

C'est à ce moment-là qu'ils attaquèrent.

Un coup de poing direct, qui me percuta la mâchoire de plein fouet.

La chaise bascula en arrière. Mes dents s'entrechoquèrent et la douleur me vrilla les nerfs, jusqu'aux os.

Ce n'était pas Sam qu'ils comptaient torturer. C'était moi.

Un autre coup à l'estomac. Un autre au niveau des côtes, et quelque chose se brisa. Malgré le bourdonnement dans ma tête, j'entendis les chaînes cliqueter de plus belle. Je n'y voyais plus rien. Ma bouche se remplit de sang.

Une botte s'aplatit sur ma tempe droite. La chaise se renversa sur le côté et je m'écrasai sur le sol tout frais.

– Arrêtez! hurla Sam. S'il vous plaît.

– J'ai besoin de savoir où tu as caché les dossiers, dit Riley. Jusqu'à la dernière copie. Et je veux aussi les détails des plans médias.

Sam resta silencieux un instant tandis qu'un agent agrippait ma chaise et me redressait. Je clignai des yeux, ravalant mes larmes, et parvins à regarder Sam à travers la brume qui m'envahissait le cerveau.

Ne leur dis rien, pensai-je.

Un bras s'enroula autour de mon cou et la pointe d'une lame de couteau s'enfonça dans ma gorge.

– Allez, Sam, insista Riley. Sinon, elle se videra de son sang.

Ils n'iraient pas jusque-là. Sam savait-il que mon

oncle était à la tête de l'Agence ? Riley n'allait pas me tuer, si ?

L'agent enfonça davantage la lame dans ma peau, d'un geste lent et habile.

Je poussai un cri. Un filet de sang dégoulina le long de ma nuque.

– OK, déclara Sam en se débattant. (Il serrait tellement les dents que je craignais qu'elles ne se déchaussent.) Je vous dirai ce que vous voulez.

– Très bien, dit Riley. Très bien.

Sans attendre, on me fit sortir de la salle de torture.

Je perdis connaissance peu de temps après. Quand je me réveillai, quelqu'un m'essuyait le visage avec une serviette froide. En apercevant Dani, j'eus un mouvement de recul.

– Hé, dit-elle. Tout va bien. Je nettoyais tes plaies.

J'étais de retour dans ma minuscule cellule, allongée sur le lit.

– Je suis désolée, poursuivit-elle.

– Ne me touche pas, répondis-je en repoussant sa main.

– Te torturer n'était pas une idée à moi, dit-elle en fronçant les sourcils. Riley est... Enfin, tu le connais.

J'avais mal partout, surtout au crâne, et l'impression que mes dents étaient toutes tordues. Quelque chose d'humide me coulait du nez et quand Dani m'essuya, je vis que c'était du sang.

– Tu n'as rien de cassé, continua-t-elle. Je t'ai fait examiner.

– Ouais, super, merci.

– Je suis vraiment désolée, soupira-t-elle.

– Oui, j'ai compris.

– Et je ne te le dirai jamais assez.

– Je veux voir Sam, dis-je.

Ma voix se brisa, révélant toute l'étendue de mes craintes. Était-il mort ? Riley et Greg avaient-ils mené leur mission à terme ?

Dani déplaça une mèche de cheveux sur mon front.

– C'est impossible.

La porte s'ouvrit et Dani s'écarta. Greg et son collègue me soulevèrent du lit.

– Faites attention, ordonna Dani.

Cette fois-ci, je n'essayai même pas de lutter.

On me conduisit dans une autre pièce où deux techniciens de labo en blouse blanche s'affairaient autour d'une machine pleine de câbles et d'électrodes. Ils m'installèrent dans le fauteuil en cuir au centre, et Greg m'attacha les poignets aux accoudoirs. Il ne me parlait pas, ne me regardait pas, ce qui me rassura un peu – s'il avait accompli sa mission, il serait redevenu normal.

Un technicien m'introduisit un protège-dents dans la bouche.

Dani s'approcha de moi, m'attrapa le menton et me força à la regarder.

– Ce sera bientôt terminé, me murmura-t-elle. Je t'aime.

Alors qu'elle se penchait en avant pour m'embrasser sur le front, j'enroulai ma main dans ses cheveux et tirai violemment.

27

Abasourdie, Dani mit un certain temps à réagir.

Ramenant mes jambes, je lui donnai un coup de genou dans le menton. Une fois. Deux fois. Elle vacilla et les techniciens, apeurés, se regroupèrent dans un coin. L'agent se dirigea alors vers moi et, au dernier moment, je glissai mon pied entre ses jambes ; il trébucha en avant, et j'en profitai pour attraper le couteau de sa ceinture.

Dani me frappa. Le fauteuil tituba sur la droite.

Il n'était pas vissé au sol !

Elle me frappa de nouveau et je basculai exprès sur le côté pour donner de l'impulsion au fauteuil, poussant aussi avec mes pieds. Il bascula sur le côté.

– Filez-lui un tranquillisant, lança Dani, et les techniciens s'activèrent.

Vite, je commençai à scier la lanière entourant ma main droite, celle qui était cachée.

On s'agitait dans la pièce. J'entendais le bruit des bottes de l'agent, sans le voir pour autant.

Grouille-toi, bordel !

Je me coupai avec le couteau, et une vive douleur me traversa le bras, que je tentai d'ignorer.

L'agent m'agrippa les épaules et me tira au moment où la lanière céda enfin. Rassemblant toutes mes forces, je lui filai un violent coup de poing sur la joue. Il partit en arrière et percuta l'appareil médical derrière lui.

Greg se jeta sur moi. Sans hésiter, je brandis le couteau et le lui plantai dans l'abdomen.

Choquée, la technicienne se précipita vers la porte, talonnée par son collègue.

Greg s'effondra à mes pieds.

Suivit un long regard entre Dani et moi.

– Qu'est-ce que tu comptes faire, Anna ? me demanda-t-elle. Me tuer ? Tu ne parviendras jamais à sortir d'ici, pas sans assistance. Et après ? Tu vas sauver les garçons ? Mais ce ne sont que des garçons ! Nous, on est de la même famille. On est sœurs.

– Mais je ne te connais même pas ! hurlai-je.

Elle fit un pas en arrière. Elle me parut à cet instant tellement triste que je sentis fondre ma détermination.

À ses yeux, j'étais la petite sœur qui avait besoin d'être sauvée. Encore une enfant. Quelqu'un pour qui on négocie, pas avec qui il faut traiter.

Mais à mes yeux, elle n'était personne, et cela devait certainement lui être plus douloureux que n'importe quel coup.

– Je ne peux pas te perdre de nouveau, me dit-elle.

Elle sortit une arme de sous son pull et la braqua sur moi.

– Lâche ton arme.

Voulant gagner du temps, je ne bougeai pas.

– Lâche ton arme !

Je la lâchai. Elle tomba par terre en résonnant.

– Si je connaissais un moyen de te raviver la mémoire, me dit-elle en s'avançant vers moi, je n'hésiterais pas. Ce serait tellement plus simple. Fais-moi confiance. Tu verras...

– Quoi ? rétorquai-je, agacée. Qu'est-ce que je verrais ?

– Que nos parents étaient nuls. Que c'est moi qui me suis occupée de toi. Que tout ce que j'ai fait, je l'ai fait pour toi !

– Comme vendre les garçons ? Mais ils méritent leur liberté bien plus que nous.

– Ah oui, parce que Sam est irréprochable, peut-être ? ricana-t-elle.

– En tout cas, il n'a pas tué nos parents, n'est-ce pas ? Si ça se trouve, c'est même toi qui les as tués.

– Non, admit-elle en secouant la tête. On t'a menti pour te protéger.

– Ouais, bien sûr.

– Et je t'ai menti sur autre chose, continua-t-elle. J'étais bien là la nuit où ils sont morts.

Je penchai la tête, surprise.

– Ah bon ?

– Mais ce n'est pas moi qui ai tué nos parents. C'est toi.

28

Je fronçai les sourcils.

– Tu penses que je vais te croire ? J'étais qu'une gamine. Je les aimais.

– Je parie que tu as des flash-back, non ? À propos de cette nuit ? Sam me l'a avoué. Et ces flash-back sont plus violents, plus handicapants que ceux de Nick et de Cas ? C'est parce que ta mémoire a été effacée bien plus souvent que la leur.

– Comment ça ? demandai-je, fébrile. Au labo de la ferme ?

– Non. Avant. Quand tu étais enfant.

– Tu veux me faire croire que nos parents n'ont pas remarqué que leur fille perdait la mémoire ?

– L'Agence venait de concevoir un nouveau traitement permettant de supprimer les souvenirs et d'en implanter d'autres à la place. Tu as été la première à en bénéficier. À plusieurs reprises.

Un nœud se forma dans ma gorge, que je ne réussis pas à déloger. Parce qu'elle disait la vérité ?

– Pourquoi vous avez fait ça ? demandai-je.
– Je crois que tu connais la réponse.

Le flash-back que j'avais eu quelques jours plus tôt me revint en mémoire. Dani m'avait demandé si notre père m'avait frappée. Tout de suite, elle s'était inquiétée.

Mais il ne m'avait pas frappée, si ? Je lui avais dit non. Quand bien même, pourquoi est-ce que je l'aurais tué ? Et ma mère ?

– Je ne te crois pas, déclarai-je.
– Ça ne m'étonne pas.

Quelqu'un m'attrapa par-derrière. Deux mains sur mon bras gauche. Puis deux mains sur mon bras droit. Les techniciens. D'un seul élan, ils me traînèrent jusqu'à la chaise mais je parvins à me défaire de l'emprise de la femme, à qui je donnai un violent coup de coude dans le nez. Du sang gicla et elle alla heurter le mur derrière elle.

Me débarrasser de l'homme était plus compliqué. En voyant sa collègue s'affaler, il me serra davantage le bras et planta ses pieds dans le sol. Furieuse, je le frappai au visage, deux fois, d'abord du poing puis du coude. Ses yeux se révulsèrent et il s'écroula devant moi.

Ramassant le couteau, je me tournai à temps pour voir un plateau médical en métal s'abattre sur mon crâne. Je chancelai, sonnée.

Dani brandit le plateau une seconde fois mais je l'évitai. Agissant par réflexe, je lui enfonçai le couteau dans le ventre et elle s'effondra dans mes bras ; entraînée par le poids, je chutai moi aussi.

Elle toussa. Ses lèvres se maculèrent de sang.

– Moineau, me dit-elle d'une voix éraillée. Ça ne devait pas se passer comme ça.

Depuis le début, j'avais réussi à me maîtriser, à rester concentrée, à retenir mes larmes, à maintenir mes émotions à distance. Mais tout me tomba dessus d'un coup.

– Je ne voulais pas... Je ne voulais pas... bredouillai-je.

Je l'allongeai par terre. Le couteau était planté quelque part entre son sternum et son estomac. Son pull était imbibé de sang.

– Je suis désolée, dis-je en écartant les mèches de cheveux de son visage. Je vais aller chercher quelqu'un. De l'aide.

Elle enroula sa petite main autour de mon poignet.

– Non, murmura-t-elle, d'une voix enrouée qui me parut étrangère. Tu es tout ce qu'il me reste... J'ai vécu uniquement pour te protéger.

De grosses larmes roulaient sur ses joues. Elle rit mais son rire évolua en toux.

– Tu n'as visiblement plus besoin de moi.

Je posai mes mains sur ses joues, la forçant à me regarder. Ses yeux roulèrent dans leurs orbites et son regard se perdit.

– On peut encore arranger la situation. Dis-moi où sont les garçons. Où les ont-ils emmenés ?

Elle secoua la tête.

– S'il te plaît, suppliai-je et, par désespoir, j'ajoutai : On pourra s'enfuir. Tous ensemble.

– Même avec Nick? sourit-elle. Je t'ai fait la même promesse, un jour, et c'est ça que tu m'as demandé. Tu voulais qu'il vienne avec nous. Il y a toujours eu quelque chose chez lui. Tu dois t'en douter. Je crois que c'est pour ça que tu l'as fait. Pour le protéger.

Elle rit, de manière sinistre.

– La première fois qu'on t'a effacé la mémoire, j'ai été appelée à la dernière seconde, et Nick était le seul présent à ton réveil. Et les fois d'après, il était toujours là.

– Dani, s'il te plaît.

– Tu connais l'histoire des oisillons qui s'attachent à la première personne qu'ils voient en naissant?

– Oui.

– Je pense que c'est ce qui s'est passé entre toi et Nick. La première fois que tes souvenirs ont été trafiqués, ce fut pour toi comme une renaissance, et en te réveillant, tu as vu Nick. Sam pensait que j'étais folle, mais...

Elle ferma les yeux et laissa couler ses larmes quelques secondes.

– Je n'aurais jamais dû te laisser seule avec les parents, sanglota-t-elle. J'aurais dû être là à ton réveil et être à tes côtés, chaque jour, à chaque instant.

– Ça n'a pas d'importance, maintenant, dis-je en lui agrippant les épaules. Mais s'il te plaît, dis-moi où sont les garçons.

Elle ouvrit les yeux et me regarda enfin.

— Non. Will ne prendra pas la peine de te poursuivre s'il a les garçons. Tu devrais partir. Mais il y a...

Elle hoqueta et les muscles de sa nuque se raidirent. Elle avait du mal à respirer.

Je la secouai.

— Dani ?

Rien. Pas de réponse. La faible lueur dans son regard s'éteignit, et un silence étrange emplit la pièce.

— Dani !

Sa tête bascula sur le côté ; elle n'était qu'un poids mort dans mes bras.

— Où sont-ils ?! hurlai-je.

Mais seul l'écho de ma voix me répondit.

Tremblante, je me relevai. L'un des techniciens de labo remua dans un coin.

Il fallait que je sorte d'ici avant qu'ils reviennent à eux. J'étais épuisée, brisée, percluse de douleur. Étais-je encore capable de me battre ?

Peut-être pas.

Avisant une arme à feu près du corps inerte de l'agent, je la ramassai et vérifiai le chargeur. Ensuite, je me précipitai vers la porte, mais elle s'ouvrit avant que je l'atteigne et des agents envahirent la pièce.

Tout à coup, des dizaines de fusil m'encerclèrent.

— Pose ton arme au sol, ordonna Riley en se frayant un chemin jusqu'à moi.

Je lui obéis.

— Merci, dit-il. C'est bon, vous pouvez tirer.

Quelqu'un appuya sur la détente et une fléchette se planta dans ma poitrine. Avant d'être prise d'un malaise et de m'évanouir, j'eus quand même le temps de me dire que tout était fichu.

29

– *Qu'est-ce que tu lui as fait ?*
Je serrai la main de Dani tandis qu'une femme aux cheveux blonds se penchait vers moi.
– Elle est défoncée ?
– Non, maman, répondit Dani. Elle est juste fatiguée.
Maman. Cette femme était ma mère. Oui, je le savais. Et l'homme derrière elle, avec les épaules carrées, les cheveux cuivrés et les lèvres charnues, c'était mon père.
Tout me paraissait décousu. Comme si j'étais coincée dans un rêve où mes parents ne ressemblaient en rien à mes vrais parents.
– Je vais lui préparer un sac, poursuivit Dani. On l'emmène quelques jours, si ça ne vous dérange pas.
Mon père nous rattrapa en trois enjambées, enroula sa main autour de mon poignet et m'arracha à Dani. Il m'agrippait si fort que j'eus peur qu'il me brise les os.
– Tu ne l'emmèneras nulle part. Je suis au courant de tes manigances. Will m'a appelé.

Relevant la tête, il observa les trois garçons adossés au mur du fond.

– Vous avez causé de sacrés ennuis à mon aînée, je vous interdis de faire de même avec ma cadette, déclara-t-il, la mâchoire crispée.

– Elle vient avec moi, insista Dani.

– Il n'en est pas question.

Je ne savais pas quel camp choisir. Je voulais partir avec ma sœur et avec Nick – j'étais au moins sûre de ça. Mais s'ils avaient en effet des ennuis, comme l'affirmait mon père, peut-être valait-il mieux que je reste ?

Regardant par-dessus mon épaule, je croisai le regard de Nick. J'avais toujours pensé que ses yeux étaient de la même couleur que mon crayon bleu ciel, que les fabricants appelaient « bleu glacé ». Pour moi, cette couleur représentait la force, l'invincibilité.

S'il partait, je voulais partir avec lui.

Je me libérai de mon père et, traversant la pièce jusqu'à Nick, glissai ma main dans la sienne. Il la serra juste assez pour me rassurer.

Mon geste rendit mon père fou de rage.

– J'appelle Will, annonça-t-il, et le bruit de ses pas résonna dans le couloir.

– Attends ! s'écria ma mère, tandis que Sam et Cas s'élançaient après mon père.

– Fais sortir Anna d'ici, dit Dani à Nick.

Nick m'emmena dans ma chambre. Attrapant mon sac à dos posé près de la commode, il y fourra quelques habits.

– Prends-le, me dit-il en glissant la lanière sur mon épaule.

Ensuite, il ouvrit la porte du placard et me poussa à l'intérieur.

– Attends ici. Ferme la porte à clé, ordonna-t-il en désignant le cadenas installé sur la serrure. Ne sors sous aucun prétexte. Peu importe ce que tu entends. Je viendrai te chercher.

– Tu promets ?

– Je promets.

Il ferma la porte et je la verrouillai tout de suite.

Il y avait une lampe de poche quelque part dans le placard et j'entrepris de la trouver, fouillant à tâtons jusqu'à effleurer une boîte en fer. Je l'ouvris et en examinai le contenu du bout des doigts : un morceau de papier, quelque chose de lisse, quelque chose de dur, comme un caillou, et une lampe de poche.

Je l'allumai. Le placard s'éclaira, et je soupirai de soulagement.

Des cris me parvinrent de l'avant de la maison. Je me tapis dans un coin et ramenai mes genoux contre ma poitrine avant d'orienter la lampe sur la boîte.

À l'intérieur, je découvris une photo de moi et de Dani. Un collier. Un caillou poli. Quelques pièces et une grue en papier dépliée.

Je pris la grue et la repliai.

Nick l'avait fabriquée. Cette pensée soudaine me traversa l'esprit et me parut plus vraie que tout ce que j'avais pu ressentir depuis que je m'étais réveillée dans cette clinique avec un mal de crâne terrible.

Nick avait été là. C'était lui la première personne que j'avais vue en ouvrant les yeux, et il m'avait tout de suite paru familier.

Je lui avais sauté au cou. Il sentait les flocons d'avoine, le café, la cassonade et le savon. Et quand il me serra dans ses bras, je sus, malgré mon cerveau embrumé, que ma réaction initiale avait été juste.

– Tout va bien, me dit-il en me tapotant maladroitement le dos. Tout va te paraître confus pendant quelques heures, mais ça va passer.

– Où est-ce que je suis ? demandai-je.

Je faillis lui demander qui j'étais mais le prénom « Anna » résonna à ce moment-là dans ma tête.

– Pourquoi je suis à l'hôpital ?

– Amnésie temporaire, répondit Nick. Tu te sens super mal après ça, mais ça passe.

– Tu as déjà eu la même chose ?

Nick me regarda et je compris que son « tu » n'était pas collectif. Ce « tu » ne désignait que moi. J'avais déjà eu une amnésie temporaire, et je m'étais sentie super mal.

– Je suis malade ? demandai-je, ce qui fit sourire Nick.

– Non, moineau, tu vas bien.

Moineau. Ça aussi, c'était familier.

Accroupie dans le placard, je fis tourner la grue entre mes doigts.

D'autres cris en provenance de l'entrée. Quelque chose tomba par terre et se fracassa. Nick jura. Dani hurla et j'eus envie de savoir ce qui se passait. Rester planquée dans ce placard sans rien faire me paraissait idiot.

Surtout, je voulais m'assurer qu'ils allaient bien.

Le cadenas émit un bruit sourd en cédant et j'attendis une seconde de voir si quelqu'un l'avait entendu. Mais non. J'entre-

bâillai la porte, traversai ma chambre et longeai le couloir sur la pointe des pieds. Au coin, je tendis le cou pour observer la scène.

Dani, Nick, Sam et Cas se tenaient les uns à côté des autres, les mains levées. Ils me tournaient le dos et mon père les tenait en joue. Un autre homme se trouvait à côté de lui. Il me semblait le connaître mais son nom ne me revenait pas. Il était grand, blond, beau. Comme une star de cinéma, pensai-je, mais quand il sourit, un frisson me parcourut le dos.

– Où sont-ils ? demanda l'homme blond en souriant de toutes ses dents. Dites-moi où vous avez caché les documents que vous avez volés, et vous pourrez partir en emmenant Anna avec vous.

Mon père se tourna alors vers l'homme, l'air incrédule. Il baissa son arme.

– Jamais de la vie. Ils ne partiront pas avec ma fille !

– Charles, tais-toi, rétorqua l'homme.

– Je ne suis pas un de tes cobayes, Connor ! Tu n'as pas d'ordres à me donner.

– Tu crois ? railla Connor. Et qu'est-ce que tu comptes me faire ? Me gifler ? Me secouer un peu ? Me taper la tête contre le mur ?

Mon père frémit.

– Laisse-moi te dire une bonne chose, continua-t-il. Je ne suis pas ta femme. Je ne suis pas ta fille. Et je suis plus fort que toi. Alors ferme-la, Charles, et pousse-toi de là. Je m'occupe de tout.

Connor ne s'était pas départi de son sourire mais parlait en serrant les dents.

Ce qui rendit mon père encore plus furieux.

Il sauta sur Connor et voulut le frapper du revers de la

main, mais Connor se baissa et riposta par un coup de poing à l'abdomen. Mon père se plia en deux et lâcha son arme, qui glissa sur le parquet. Ma mère et Dani se jetèrent dessus ; ma mère fut plus rapide.

Réagissant vite, Dani s'accroupit légèrement et fit un croche-patte à notre mère. Maman tomba par terre, sur les fesses, sans pour autant lâcher l'arme. Elle pivota vers Dani, mais Cas intervint et la frappa.

Un coup de feu retentit.

La détonation me coupa le souffle.

Nick posa ses mains sur son ventre, vacilla, et Sam l'attrapa avant qu'il n'atteigne le sol.

Non. Non ! Pas Nick.

Je me précipitai dans la salle de bains, sans prendre la peine d'allumer la lumière. Montant sur le rabat des toilettes, je retirai le couvercle de la chasse d'eau. Au fond du bac se trouvait un sac congélation transparent. Je plongeai ma main dans l'eau froide.

J'attrapai le sac, qui contenait une arme à feu que Dani avait cachée là. Elle m'en avait parlé, au cas où un jour j'en aurais besoin. Et je m'en étais souvenu, ce qui ne manqua pas de m'étonner. Je me souvins aussi qu'elle m'avait appris à m'en servir.

Je sortis l'arme, vérifiai qu'elle était chargée.

Je fis demi-tour dans le couloir. J'avais l'impression que mes pieds n'allaient pas assez vite.

Nick était allongé par terre, dans une mare de sang. Cas avait du mal à tenir debout, il avait une grosse entaille sanguinolente sur le front. À califourchon, les deux mains autour de *sa nuque, Sam étranglait Connor, qui finit par perdre connaissance.*

Et mon père menaçait Dani avec son arme.

– Qu'est-ce qui t'est arrivé ? lui demanda-t-il. En grandissant, tu es devenue une parfaite petite garce.

Je tendis les bras, l'arme bien serrée entre mes mains.

Mon père me remarqua rapidement et se tourna vers moi, son arme toujours pointée.

– Et toi, tu prends le même chemin que ta sœur.

Je pressai la détente. Touché à la poitrine, mon père fut projeté en arrière et tomba à la renverse. Ma mère poussa un cri et se jeta sur moi.

Elle ressemblait à une créature sauvage, à un fantôme ou à un monstre, ou les trois à la fois, avec ses yeux exorbités, sa peau pâle, sa bouche tordue.

Je tirai de nouveau.

Mon cœur s'emballa. Je fermai les yeux et entendis mon père jurer dans sa barbe.

Je crus que c'était terminé.

Que nous avions gagné.

– Non ! hurla Dani.

Un autre coup de feu. J'ouvris les yeux au moment de ressentir l'impact de la balle puis je m'écroulai par terre.

– Espèce de connard ! cria Dani.

La partie droite de mon abdomen me semblait avoir pris feu. Je posai ma main ; c'était chaud, collant, plein de sang. Je tentai de me redresser mais je ne parvenais pas à bouger les jambes.

Dani apparut à mes côtés.

– Non. Non. Anna.

Ses mains flottaient au-dessus de moi, comme si elle n'osait pas me toucher.

– Moineau, tu m'entends ?

– Oui.

– Tu me vois ?

J'orientai la tête en sa direction mais je n'y voyais pas grand-chose.

– Il est mort ? demandai-je.

J'avais peur qu'il ne me tire dessus une deuxième fois. Ou qu'il tire sur quelqu'un d'autre. Dani, par exemple.

– Oui, je crois. Cas, tu peux vérifier ?

Je perçus des bruits de pas.

– Pas de pouls, déclara Cas.

Tout à coup, la maison fut plongée dans le silence.

Dani posa ses mains sur mon ventre et appuya. Un éclair de douleur me déchira de part en part, me donnant envie de vomir. C'était si terrible que je ne pus même pas crier.

– Appelez Will, dit Dani.

– Tu sais ce qu'il fera ? répondit Sam.

– Appelez-le ! insista-t-elle.

Elle colla sa joue sur mon torse. Je sentais son souffle sur ma nuque, ce qui m'empêcha de me décomposer.

– Ça va aller. Je te le promets. Oncle Will va te soigner.

Et Nick ? Qui allait le soigner ?

– Je peux la porter, dit Sam, revenant à la charge. Cas peut prendre Nick. On peut s'en aller.

– Non. Elle mourra avant qu'on trouve un endroit à l'abri.

Et quand bien même... Personne n'a les moyens médicaux et technologiques de l'Agence.

C'était de moi qu'elle parlait ? J'allais mourir ?

– Will fait partie de la famille, ajouta-t-elle ensuite.

– Tu vas passer un accord avec lui, c'est ça ? lui demanda Sam.

– Je n'ai pas le choix. C'est ma sœur.

Sam soupira.

– Cas, appelle Will, dit-il.

– Ça marche.

Sam s'agenouilla à côté de moi. Il repoussa une mèche de cheveux de mon visage et m'effleura gentiment la joue afin d'attirer mon attention.

– Elle perd beaucoup de sang. Et elle a le regard absent.

– Je sais.

– Elle ne s'en...

– Arrête, l'interrompit Dani en me serrant la main. Ne dis rien.

Cas referma le clapet du téléphone, le jeta par terre et le fracassa d'un coup de botte.

– L'autre connard est en route.

– Tu devrais y aller, dit Dani à Sam. Voyant qu'il hésitait, elle persista : Sam, allez-vous-en !

– Appelle-moi quand tu auras du nouveau.

Il s'agenouilla à côté de Nick, lui attrapa un bras et le hissa sur son épaule. Nick grogna.

– Fais attention, dit Sam.

Dani hocha la tête. La porte d'entrée grinça puis se referma.

– Anna ? chuchota-t-elle. Écoute, quand Will sera là, laisse-moi lui parler, OK ? Ne dis rien. Je vais tout arranger. Je te le promets.

Dans un coin, Connor se mit à bouger.

– Tu vas voir, tout va s'arranger, répéta-t-elle en m'adressant un grand sourire.

J'avais de moins en moins mal. Peut-être que j'allais m'en sortir ?

Connor se rassit.

– C'est quoi ce... coassa-t-il, avant de sortir son téléphone. Envoyez-moi des renforts. Je veux qu'on établisse un périmètre de sécurité autour de Port Cadia et qu'on lance des avis de recherche...

Dani posa sa main sur ma joue et m'obligea à la regarder. Elle avait les yeux cernés, injectés de sang, mais malgré la fatigue et le stress, c'était bien elle. Ma sœur. Et je l'aimais. Je l'admirais. Avec elle, je me sentais en sécurité.

– Moineau, je ferai tout ce qu'il faudra, me dit-elle. Toujours.

30

J'avais tué mes parents.

Ce fut la première pensée qui me traversa l'esprit quand je revins à moi.

Suivie d'un sentiment de tristesse et de désolation si puissant que j'eus peur de l'avoir gravé dans mon ADN – je serais désormais à jamais porteuse d'un gène de la culpabilité.

Et j'avais pris une balle dans l'abdomen cinq ans auparavant.

Je soulevai mon pull. Rien. Pas la moindre cicatrice sur mon ventre, pas de boursouflure, pas de trace.

Peut-être que ce n'était pas un flash-back, alors ? me rassurai-je un instant. Peut-être que c'était simplement un cauchemar.

Mais au plus profond de moi-même, je connaissais la vérité.

J'avais tué mes parents.

Et on m'avait tiré dessus.

– Ton cœur a même cessé de battre pendant trois minutes.

Je me redressai à toute vitesse en entendant la voix, et le regrettai aussitôt. Mon cerveau sembla rebondir sur les parois de mon crâne. Je grimaçai, passai mes mains sur mon visage.

– Tu es en sécurité, ici, me dit Will. Tu peux te détendre.

Percevant un mouvement dans un coin, je tentai de me concentrer sur mon oncle. Je ne voulais pas le quitter des yeux.

– Si j'étais morte, comment tu m'as sauvée ?

Il s'approcha du canapé et s'assit à l'autre bout, posant ses coudes sur ses genoux et croisant les mains. Sa chemise était froissée, ses manches retroussées.

– J'ai la meilleure équipe médicale du Michigan, expliqua-t-il. Et pourtant, quand je t'ai vue allongée là, au bloc opératoire, j'ai eu peur qu'ils ne parviennent pas à te ranimer.

Nous échangeâmes un regard et je m'efforçai d'ignorer la tristesse qui se lisait sur son visage.

– Mais ils m'ont sauvée.

– Oui. Ils ont pu arrêter l'hémorragie et te stabiliser. Ensuite, je leur ai demandé de réparer la cicatrice pour qu'elle ne soit plus visible. Je ne voulais pas que tu gardes un souvenir du fait que ton père t'avait tiré dessus.

Péniblement, je ravalai ma salive. Était-ce encore des

mensonges ? Des histoires fabriquées visant à lui donner le beau rôle ?

Cela m'aurait arrangée, j'aurais préféré que mon oncle Will soit un méchant. Mais la scène que j'avais revue était conforme à la réalité, je le savais. En plus, j'avais enfin le sentiment que les morceaux du puzzle avaient trouvé leur place.

– Tu devrais boire quelque chose, dit-il en désignant la table basse devant moi, sur laquelle se trouvaient une bouteille d'eau, des crackers et du paracétamol.

J'examinai ses offrandes avec méfiance.

– Je n'ai aucune raison de te droguer, continua-t-il. Tu es déjà ici.

Je pris un cracker. Tout en le grignotant, j'étudiai mon environnement.

J'étais dans un loft. Des conduits d'aération couraient sous le haut plafond. Devant moi se dressaient trois bibliothèques en métal et bois – le genre de meuble qui paraît ancien mais qui a été fabriqué l'année dernière et coûte une fortune.

Le canapé sur lequel j'étais assise était immense, recouvert d'un tissu d'un vert tellement foncé qu'il en était presque noir. Le sol était en béton poli.

Les fenêtres donnaient sur une forêt. Je ne perçus rien de particulier pouvant m'indiquer où je me trouvais.

Je bus une gorgée d'eau et déposai trois comprimés dans ma paume.

Une image surgit dans ma tête. Dani. Et son sang sur mes mains.

Elle était morte. J'avais tué mon père, ma mère et ma sœur.

Quel genre de personne tue toute sa famille ?

Est-ce que cela faisait de moi une psychopathe ?

– Où sont les garçons ? demandai-je.

Will m'observa un long moment, et je remarquai alors combien ses traits étaient anguleux, comme ceux d'un renard.

– Tu as tué Dani, dit-il.

Toute trace d'émotion disparut de son visage, ce qui le rendit bien plus effrayant.

– Où sont les garçons ? répétai-je.

– Tu as une idée des ennuis que tu as causés ?

– Si tu nous avais laissés tranquilles, il n'y aurait pas eu de problème.

Il esquissa un sourire mauvais, qu'il ravala tout de suite. Il baissa ses manches.

– Je ne peux pas aller de l'avant tant que le passé menace de gâcher tout ce que j'ai construit.

– Nous ne sommes pas une menace. On veut juste vivre nos vies.

– Oui, et c'est à moi que tu dois cette vie.

Ce qui était vrai. Si pervers que ce soit, je lui devais tout : ma vie, les garçons. Mais cela lui donnait-il le droit de tout reprendre ?

– Tu veux savoir comment tu as atterri dans le programme Altérant ? demanda-t-il.

Je déglutis. Oui, j'en avais envie. Mais je refusais de le lui avouer.

— J'étais blessée, commençai-je. Et Dani a passé un accord avec toi pour me sauver.

— C'est exact.

Les battements de mon cœur s'accélérèrent. Je connaissais la réponse à la question que je voulais poser, mais peut-être que je me trompais ?

— En échange de quoi ?

— Sam et les autres.

Sa réponse — bien qu'attendue — me déchira l'âme. Dani les avait piégés. C'est comme ça qu'ils avaient été capturés.

— Et moi ?

— Dani et moi avons décidé que tu serais mieux avec quelqu'un qui serait là pour s'occuper de toi.

— Arthur, mon fameux « père ». La ferme.

— Oui.

— Et tant que j'y étais, autant m'intégrer au programme, c'est ça ?

— Tu ne devais participer qu'aux essais. Pas à la mise en route.

Je détournai le regard, me mordis la lèvre. J'avais envie d'être en colère. De le détester.

— Maintenant, toi et moi, nous sommes tout ce qui reste des O'Brien.

Il se leva et ouvrit une boîte à cigares posée sur une table.

À cause de moi, pensai-je, mais ce n'était pas le moment d'y penser. Plus tard. Une fois en sécurité, je pourrai sombrer — tout ce désespoir, cette culpabilité, cette violence, cette tristesse. Mais pour le moment, je devais sortir d'ici.

Profitant du fait que Will me tournait le dos, j'examinai de nouveau la pièce, à la recherche d'une arme. Dans la bibliothèque, à droite, se trouvait une sculpture sphérique en métal qu'une flèche transperçait.

Si mes souvenirs étaient bons, cet objet s'appelait une sphère armillaire. Ça ferait l'affaire.

Will se retourna, un cigare niché entre son index et son majeur. Il alluma un briquet, amena la flamme à son cigare, et la pièce se remplit immédiatement de cette odeur si caractéristique.

– Et maintenant ? demandai-je. Que comptes-tu faire de moi ? des garçons ?

– Si Dani et moi avons entrepris toute cette mission, c'était pour t'offrir une autre vie.

Je m'avançai au bord du canapé.

– Quoi ?

– Nous devions faire attention, bien sûr, dit-il en aspirant sur son cigare. Nous savions que les garçons ne te laisseraient jamais partir sans se battre et, malheureusement, le programme Altérant de l'Agence fonctionne bien. Nous avions rendu les garçons plus forts, plus rapides, plus intelligents. La seule façon de les maîtriser, c'était par ton intermédiaire.

– Mais pourquoi ? S'il s'agissait uniquement de me récupérer, pourquoi les pourchasser ?

– Tu n'as pas entendu ce que je viens de dire ? s'agaça-t-il en fronçant les sourcils. Jamais ils n'auraient accepté de te laisser partir. Même si je les épargnais et effaçais leur mémoire, ils finiraient par se rappeler. Et nous en serions au même point. Je ne peux pas gérer un business dans ces conditions.

Il leva les mains, exaspéré, puis les rabaissa.

– Il m'a fallu une décennie pour créer cette entreprise. Au début, on concevait et fabriquait des armes et ensuite, j'ai fait de l'Agence ce qu'elle est aujourd'hui : un leader dans le domaine de l'armement de pointe, biologique et biochimique.

Il secoua la tête.

– Et oui, c'était une erreur d'impliquer ma famille là-dedans. Je n'aurais jamais dû. Cela m'a rendu vulnérable et tu en as beaucoup souffert. Pour ça, je tiens à te demander pardon.

J'essayais d'absorber tout ce qu'il me disait, mais je bloquais sur un truc. Que je ne pouvais pas lâcher.

– Tu as dit « même si je les épargnais ». En parlant des garçons.

– Oui.

– Tu es donc décidé à les tuer, ils sont peut-être déjà... ajoutai-je, la gorge serrée.

– Je...

Un téléphone sonna quelque part dans l'appartement.

– Excuse-moi.

Il disparut dans une pièce voisine, laissant ma question en suspens.

Une soudaine montée de rage me poussa à l'action et,

saisissant l'occasion, j'attrapai la sphère armillaire sur l'étagère. Puis je me dirigeai vers la pièce où se trouvait Will, me plaquai contre le mur et brandis l'objet au-dessus de ma tête, flèche en avant.

– Ils ont fait quoi ? dit-il d'une voix basse plus empreinte de colère que de surprise. Trouvez ceux qui les ont aidés à s'enfuir et amenez-les-moi. Vous comprenez ?

Sam et les autres s'étaient enfuis ?

Un élan d'espoir m'étreignit le cœur.

– Trev, poursuivit Will. Je croyais vous avoir dit de ne pas le lâcher des yeux. (Un temps.) C'est parce que c'est un putain de tueur à gages ! Quand je vous ai donné vos ordres, je m'attendais à ce que vous lui colliez une équipe aux fesses et que vous l'empêchiez d'approcher de Samuel !

Il poussa un soupir d'agacement.

– Eh bien, trouvez-les.

Il raccrocha violemment.

J'enfonçai mes pieds dans le sol afin de me donner de l'élan.

Will revint au salon. Je me préparai, comptai jusqu'à trois et frappai.

Il saisit la sphère de sa main gauche, enroula sa main droite autour de ma gorge et me poussa contre le mur.

Soudain, j'avais du mal à respirer.

Il jeta la sphère par terre. Elle fit un trou dans le parquet et manqua de faire tomber un vase.

– Écoute-moi bien, me dit-il.

Il était tout près de moi et je remarquai alors que les taches sur son visage n'étaient pas que des taches de rousseur. Certaines étaient des cicatrices, semblables à des traces de brûlures.

– On peut choisir la manière douce – tu coopères et viens avec moi sans résister – ou la manière forte. Tu comprends ?

– Oui.

J'optai pour la manière douce, du moins jusqu'à ce que je trouve un autre moyen de m'enfuir.

– Parfait, dit-il en me relâchant. Eh bien, on s'en va. Tu trouveras des chaussures et un manteau sur un crochet derrière le canapé.

Alors que je nouais mes lacets, Will sortit un téléphone portable de sa poche et composa un numéro.

– Prépare le jet, dit-il. Je serai là dans une demi-heure.

– Le jet ? marmonnai-je.

– Je t'emmène à l'étranger le temps que cette histoire avec Sam soit réglée.

Il disait ça comme s'il s'agissait simplement de savoir qui avait terminé la bouteille de lait.

– Je n'ai pas l'intention de quitter le pays, dis-je.

– Si. Tu seras en sécurité. Il y aura quelqu'un pour s'occuper de toi.

– Non, je refuse.

– Tu n'as pas le choix.

Nous nous toisâmes en silence et je compris que ce n'était pas le moment de résister – il pouvait se montrer très intimidant.

– Est-ce que tu vas m'effacer la mémoire ?

De nouveau, son visage se remplit de tristesse.

– Oui, il vaut mieux, répondit-il d'une voix brisée.

À ses yeux, oui, il valait mieux. Sur ce point, lui et Dani étaient pareils. Supprimer mes souvenirs ne leur posait aucun problème si cela pouvait tout arranger et leur offrir un nouveau départ.

Mais ils se leurraient.

Il était hors de question que je monte dans cet avion.

31

Une voiture nous attendait devant la maison. Je ne savais toujours pas où nous étions, mais il n'y avait que la forêt alentour. Will m'avait sortie du labo. Ce qui voulait dire que les garçons pouvaient être n'importe où.

Me retrouveraient-ils avant que Will n'arrive à l'aéroport ?

Et où était Trev ?

– Mets ta ceinture, ordonna Will alors que l'agent s'engageait dans la longue allée du garage.

– Quel chemin voulez-vous qu'on prenne ? demanda l'agent.

– L'autoroute. On pourra se fondre dans la circulation.

Avant d'atteindre l'autoroute, nous traversâmes une petite ville anonyme. Nous ne croisions pas beaucoup de voitures sur la route, et je me demandai quelle heure il était.

– Où est-ce qu'on va ? demandai-je.

– En Europe.
– Pourquoi en Europe ?
– Tu vas à la pêche aux infos ?
Oui.

Le feu passa au rouge et l'agent ralentit. On n'entendait que le léger ronflement du moteur. Will semblait nerveux. Quand il ne regardait pas dehors, il fixait le rétroviseur central.

– Est-ce que l'unité 2 a fouillé les lieux ? demanda Will au chauffeur.

– Oui. Et ils n'ont rien trouvé. Ils ne sont plus là.

L'agent faisait certainement référence aux garçons.

Il fallait que je me sorte de là, et vite, et j'envisageai de me jeter de la voiture pendant qu'elle roulait. Si j'atterrissais bien, je ne me ferais pas mal. Mais pouvais-je semer Will et son agent ?

À moins qu'une meilleure occasion ne se présente au moment de notre arrivée sur le tarmac. Sauf si nous allions dans un vrai aéroport. Les mesures de sécurité mises en place m'empêcheraient de m'évader discrètement.

Et même si nous allions dans un aéroport privé et que je m'enfuyais, où se cacher ensuite ?

Sauter de la voiture en marche me semblait être la meilleure option.

Nous franchîmes plusieurs intersections sans nous arrêter. Ensuite, l'agent tourna à droite – je lus « Brennon Street » sur la pancarte.

Le feu suivant était rouge. La voiture freina.

Je devais me tenir prête.
Le chauffeur porta sa main à son oreillette.
Je me concentrai afin de l'écouter.
– Où ça ? dit-il. Puis : C'est noté.
Tout à coup, il fit demi-tour au milieu de la rue.
– Qu'est-ce qu'il y a ? demanda Will, à cran.
– Ils sont ici.
– Où ça ?
– L'un d'eux a été aperçu à deux pâtés de maisons.
Will jura et passa sa main dans ses cheveux.
– Lequel ?
– Je ne sais pas, monsieur.
– Eh bien, renseignez-vous !
– Oui, monsieur.
Mon cœur battait avec frénésie.
Moi aussi, je voulais savoir de qui il s'agissait.
Nous patientâmes. Dans la rue quasi déserte, l'agent accéléra.
– Entendu, dit-il de nouveau à son interlocuteur. C'était l'unité 3, annonça-t-il à Will.
Nous approchions d'un autre croisement. Le feu était vert et l'agent vira brusquement afin d'éviter une voiture. Ballottée dans tous les sens, j'attrapai la poignée afin de me stabiliser – et dès que l'occasion se présenterait, je tirerais dessus et m'évaderais.
– Quelles sont les nouvelles ? demanda Will. Est-ce qu'on a localisé Trev ? Il faut balayer cette ville, dégager l'accès à l'autoroute.
Je jetai un œil par la fenêtre, guettant un visage

familier. Mes garçons étaient ici. Nous devions juste nous retrouver.

La voiture traversa l'intersection à toute vitesse. Le front appuyé sur la vitre, j'examinai la chaussée à la recherche d'un endroit où sauter.

Quelque chose sur le toit du bâtiment au coin de rue suivant attira mon attention. Une silhouette accroupie, les bras posés sur le rebord et tenant un fusil. Je crus d'abord que c'était un des hommes de Will qui protégeait le véhicule, mais soudain j'entendis un bruit sourd et la voiture fit une violente embardée sur le côté.

Un autre coup de feu. Le bruit d'un objet métallique sur du bitume. La voiture cahota et j'en déduisis que les pneus étaient crevés.

Nous n'irions pas bien loin.

Je me tournai vers Will. La mâchoire et les poings serrés, il semblait sur le point de frapper quelqu'un. Mais sous sa rage, je vis de la tristesse, de la peur – il était conscient de perdre la partie.

À l'intersection suivante, je regardai à droite et aperçus Sam. Il était au volant d'une camionnette noire. L'instant d'après, il nous fonça dessus.

32

Pendant un moment, même la ceinture de sécurité ne put me retenir sur mon siège. J'eus l'impression de flotter. Mes cheveux volèrent autour de ma tête, me cachant la vue, et j'aurais été incapable de dire dans quel sens j'étais.

Des morceaux de verre se fichèrent dans ma peau.

Quand la voiture atterrit, je fus projetée contre la portière et me cognai à la vitre. Je sentis le sang dégouliner le long de ma tempe. Je compris ensuite que la voiture avait basculé sur le côté, que ma portière était bloquée.

La voiture glissa sur quelques mètres, et le bruit terrible de la tôle sur l'asphalte faillit me percer les tympans.

Avant de s'arrêter, emportée par son élan, la voiture se retourna complètement. Voilà que nous étions à l'envers, la tête en bas.

– Anna ? gémit Will.

Il défit sa ceinture avec un couteau suisse et enjamba les sièges afin de venir auprès de moi.

– Est-ce que ça va ?
– Je te conseille de sortir de la voiture et de partir en courant, lançai-je.

Fronçant les sourcils, il croisa mon regard.

Je le mettais à l'épreuve, et il le savait.

Que comptait-il faire ? Telle était la question. S'il s'enfuyait, cela signifiait que sa vie, son entreprise, son Agence étaient en effet plus importantes à ses yeux que sa famille – que moi.

Pour autant, je ne lui en aurais pas voulu.

Il ramena mes cheveux derrière mon oreille et m'embrassa sur le front. J'eus un mouvement de recul.

– Tout ce que j'ai fait, c'était pour toi, dans ton intérêt, dit-il.

Une portière de voiture claqua quelque part dehors. Des pneus crissèrent. Des gens criaient et quelqu'un signala la présence d'une arme à feu.

– Mais tu as fait tout ce qu'il ne fallait pas, répondis-je.

Il plissa les lèvres, l'air sombre.

– Je sais.

Il donna un coup de pied dans la portière, se faufila à l'extérieur et partit en courant.

Dehors, la situation s'échauffait. Mais ça attendrait. Cramponnée à ma ceinture, je fermai les yeux.

Je pouvais laisser partir Will.

Ou bien, je pouvais le tuer.

Ces deux options me déplaisaient franchement. Je ne

voulais pas le tuer, mais lui et l'Agence avaient déjà causé la mort de nombreuses personnes. Et le laisser filer en provoquerait certainement d'autres.

Tant que l'Agence restait opérationnelle, rien ne changerait.

Nous ne serions toujours pas libres.

Ce que je voulais par-dessus tout, c'était un semblant de normalité. Je voulais me réveiller le matin après une bonne nuit de sommeil et voir le garçon que j'aimais à côté de moi.

Je le méritais.

Sam, aussi.

Et Cas. Nick. Même Trev.

Dani aussi le méritait.

Je parvins non sans mal à défaire ma ceinture et, tremblante sous l'effet de l'adrénaline, je rampai à l'avant de la voiture, où l'agent était mort écrasé par son volant. Sans hésiter, je lui pris son arme.

Je tapai ensuite du pied la portière avant passager jusqu'à ce qu'elle cède, et sortis. L'air frais me revigora.

J'observai les alentours.

Au milieu de l'intersection se trouvait un amas de tôle. Des agents se battaient contre les garçons et s'en prenaient plein la figure.

Mes garçons.

Je croisai le regard de Sam. Son visage était couvert de bleus, d'entailles et d'éraflures – à croire qu'on l'avait torturé petit bout par petit bout.

Il avait la lèvre fendue, les cheveux maculés de sang.

Un agent lui sauta dessus, mais Sam réagit vite et lui asséna un violent coup de poing au visage. L'agent fut projeté en arrière.

Attends-moi, me disait-il en silence. *Donne-moi deux minutes et je viens avec toi.*

Je ne peux pas.

Je n'avais pas deux minutes à perdre.

Je m'élançai après Will.
À sa place, où est-ce que j'irais ?
À l'aéroport.
Où l'attendait un avion.

Mais il lui faudrait d'abord trouver un moyen de transport pour se rendre à l'aéroport. S'il avait toujours son téléphone portable sur lui, il appellerait un agent. S'il ne l'avait plus, il volerait une voiture, ou...

Un vrombissement me parvint, semblable à une porte de garage qui s'ouvre.

Tendant l'oreille, je tournai dans la rue suivante, courant aussi vite que possible. Les rues avaient été déneigées mais il restait des plaques de verglas ici et là et des flaques de neige fondue à éviter.

Je ralentis en approchant d'un garage dont la porte était grande ouverte. Des lettres à moitié effacées sur le dessus indiquaient « Nate & Frank Garage ». Mais au lieu d'abriter des vieilles voitures en cours de réparation, l'endroit contenait des 4 × 4, des motos et deux SUV noirs tout neufs.

Une salle d'exposition ? Non, plutôt une planque de l'Agence.

Je ne vis pas Will et entrai avec précaution, prête à tirer au moindre bruit suspect.

Une femme me surprit.

– Je peux vous aider ? me demanda-t-elle d'un ton indiquant qu'elle n'avait pas du tout l'intention de m'aider.

Je l'observai. Elle était svelte, les yeux perçants, le nez droit, la bouche sévère.

À en juger par ses vêtements – treillis noir, T-shirt noir, veste rembourrée –, elle ne travaillait pas pour Frank et Nate. Elle travaillait pour l'Agence.

À cet instant, Will nous dépassa au volant d'un 4 × 4.

Voulant voir dans quelle direction il partait, je baissai ma garde une seconde. La femme en profita. Elle me frappa à la joue, si fort que je fis un tour complet sur moi-même et atterris par terre.

Je lâchai mon arme.

Je me mis à quatre pattes, cherchant à reprendre ma respiration, et sa botte vint percuter mon ventre. Grimaçant, je basculai sur le côté et elle agrippa le col de mon pull avant d'enchaîner avec un autre coup de poing. Un goût de sang m'envahit la bouche.

Elle sortit ensuite un couteau de sa chaussure et l'abaissa dans ma direction comme si elle tenait un marteau. Au dernier moment, je lui attrapai le poignet, mais mon bras tremblait et la lame ne cessait de se rapprocher.

Cherche une faille.

Entièrement concentrée sur son couteau, elle ne protégeait pas le côté gauche de son corps. Me servant de son poignet comme d'un appui, je levai le genou et le lui plantai dans les côtes. Elle poussa un cri et recula.

Je ramassai mon arme, tirai. Une balle. Dans le front. Elle s'écroula sur place.

Glissant l'arme dans mon dos, je me précipitai vers un 4 × 4. Les clés étaient déjà sur le contact.

– Merci, marmonnai-je à l'adresse de personne.

Je montai dans le véhicule, démarrai, et sortis du garage à toute vitesse.

Le vent glacial s'infiltrait à travers mes habits et me mordait la peau. Les traces de pneus du 4 × 4 de Will étaient faciles à suivre et, en peu de temps, j'avais quitté la ville. Je traversai un épais sous-bois et tombai ensuite sur une ligne de chemin de fer de l'autre côté. Au loin, j'aperçus la voiture de Will, peut-être à un kilomètre de moi, maximum.

Tirant sur le levier de vitesse, je fis passer la voiture en mode quatre roues motrices. La voiture bondit. Will se retourna et m'aperçut.

Les traces tournaient vers la droite, longeaient un monticule recouvert de neige sur lequel se reflétaient les rayons du soleil. Quelques secondes, je fus aveuglée mais poursuivis mon chemin. Quand j'atteignis enfin l'ombre, je clignai des yeux, ce qui m'empêcha de voir ce qui me fonçait dessus.

Sous le choc, Will et moi fûmes éjectés, et le 4 × 4

continua sa course jusqu'à percuter les rails et faire un tonneau en avant.

Will se précipita sur moi et je le repoussai de toutes mes forces en attrapant mon arme mais il me gifla du revers de la main et l'arme m'échappa. Des étoiles envahirent mon champ de vision. Fuyant, je m'élançai vers les rails de chemin de fer, examinant les rivets, les barres en fer, les planches en bois. L'une d'elles était mal fixée et je me plantai une écharde dans le pouce. Ravalant la douleur, j'aperçus à mon grand soulagement mon arme entre deux traverses. Tout à coup, un coup de feu retentit derrière moi et une vive sensation de brûlure m'envahit la cuisse, résonnant ensuite dans chacune de mes cellules.

Je hurlai, agrippai ma jambe. Ma main était pleine de sang.

Will me dominait, à présent. Il me regardait, un téléphone portable à la main.

– Riley, dit-il. Je suis au niveau de la ligne de chemin de fer à environ un kilomètre et demi au sud de Neason Road. J'ai besoin d'un véhicule.

De grosses larmes coulaient sur mes joues. Le sang giclait de ma jambe à chaque battement cardiaque, et la douleur ne cessait de croître, s'insinuant dans mes muscles et dans mes os – ainsi que le désespoir.

– Est-ce que le problème est réglé ? demanda-t-il, et il resta silencieux le temps de la réponse. Eh bien, occupe-t'en.

Il raccrocha, remit le téléphone dans sa poche et s'agenouilla à côté de moi.

– Laisse-moi voir, me dit-il en repoussant ma main. J'ai essayé de viser un endroit où tu n'aurais pas de séquelles trop importantes.

Il appuya sur la plaie et je me cambrai sous la douleur, incapable de retenir mes sanglots.

– Ça va aller, décréta-t-il. Anna, regarde-moi.

Serrant les dents, je me tournai vers lui.

– Je vais m'occuper de toi, je te le promets, dit-il, et les traits anguleux de son visage s'adoucirent. Je t'ai soignée une première fois. Je peux le refaire.

– Ne les tue pas. Les garçons. S'il te plaît.

– Tu t'en sortiras mieux sans eux, répondit-il en secouant la tête. Nous tous. Connor a insisté pour qu'on les réhabilite et j'ai accepté, mais je n'aurais pas dû. On aurait dû s'en débarrasser il y a longtemps.

Discrètement, j'attrapai le morceau de traverse en bois.

Un élan de colère, de peine, d'espoir me saisit, me donnant la force nécessaire de brandir la planche.

J'atteignis Will sur le côté du crâne et il tomba. J'attrapai mon arme, repoussai la douleur irradiant dans ma jambe et me levai.

Will m'observa, les yeux débordants de tristesse. Il entrouvrit la bouche comme pour parler mais il ne semblait pas savoir par où commencer.

– Je suis désolé, Anna, finit-il par dire, juste avant que je ne presse la détente.

J'ignore combien de temps je restai à observer mon oncle Will, mais cela me parut long. Sam me trouva en premier.

Il s'était remis à neiger. Je ne sentais plus mes orteils ni mes doigts. Je ne sentais plus non plus ma blessure à la jambe, ce qui me parut être une bonne chose, même si, à plus long terme, je me doutais que ce serait un problème.

Quand Sam apparut de derrière la colline, je crus un instant que mon imagination me jouait des tours. Ou bien que j'étais en train de mourir. Ou déjà morte.

En me voyant, il se mit à courir, s'arrêtant juste le temps de vérifier que Will ne représentait plus aucune menace. Il me souleva et me serra dans ses bras si fort que je crus étouffer.

– Est-ce que ça va ? Est-ce qu'il...

Je posai mes mains sur le visage de Sam et l'embrassai. Peu m'importait de perdre toute sensation dans mon corps du moment que je sentais encore ses lèvres sur les miennes, son souffle sur mes joues, ses doigts essuyant mes larmes.

– Je t'aime, murmurai-je.

Il colla son front contre le mien et passa sa main dans mes cheveux emmêlés, descendant jusqu'à la base de ma nuque.

– Moi aussi, je t'aime.

Je lui souris, fermai les yeux et laissai toutes les tensions accumulées dans mon corps se dissiper.

Ensuite, je m'évanouis.

Ma tête rebondissait sur le torse de Sam. Il me semblait sentir son bras sous mes jambes, et son autre bras m'enserrant la taille, mais je n'étais pas sûre. J'entendais aussi battre son cœur. À moins que ce ne fût le mien.

– Elle va bien ? demanda Nick.

– Je crois. Il faut qu'on la conduise à l'hôpital. Will lui a tiré dessus.

– Quel connard, ce rouquin, dit Nick.

Sam me serra davantage contre lui.

– Tu t'es occupé de... ?

– Oui, l'interrompit Nick. Cas et Trev ont déplacé Arthur dans un endroit sûr.

– Et Riley ?

Il n'était jamais venu chercher Will. Et pourtant, je l'avais attendu. J'étais prête.

– Aucune idée. J'espère qu'il est déjà loin, déclara Nick. Et bon débarras.

33

Les jours suivants me parurent flous. J'oscillais entre des périodes d'inconscience et des moments de veille, pendant lesquels j'entendais les infirmières et les médecins murmurer des choses me concernant. « En état de choc », disaient-ils. « Infection. » « La pauvre. »

Au début, j'essayais de rester éveillée, de m'accrocher, mais je laissai vite tomber. Si mon corps était si mal en point, c'était parce qu'il avait besoin de repos. Pas simplement parce que j'avais pris une balle, mais aussi parce que j'avais enduré tant d'épreuves en si peu de temps.

Quand j'ouvris enfin les yeux, me sentant assez bien pour parler, je vis Sam à côté de moi.

– Hé, dit-il.

Un rayon de soleil éclairait une partie de son visage.

– Rideaux, marmonnai-je, la gorge sèche.

Il se leva et ferma les rideaux, plongeant la chambre dans la pénombre.

– C'est mieux ?

– Oui.

Voir Sam à côté de moi suffisait à me faire sourire.

– Qu'est-ce qui s'est passé ? lui demandai-je. Ma blessure a bien guéri ?

– Bois ça, d'abord.

Il me tendit un verre d'eau. Je secouai la tête mais il insista et je bus une gorgée, pour m'apercevoir que je mourais de soif. Je vidai le verre d'un trait.

Ensuite, avec l'aide de Sam, je me redressai sur le lit. Quand il se rassit sur sa chaise, je le dévisageai longuement. Il avait de gros cernes sous les yeux, une barbe de trois jours qui cachait quelques bleus et blessures. Ses cheveux se dressaient sur sa tête, comme s'il ne s'était pas encore lavé ce matin. Peut-être pas hier non plus, d'ailleurs. Il avait une impressionnante balafre qui descendait le long de sa nuque et disparaissait sous le col de sa chemise bleu marine.

– Comment ça va ? lui demandai-je.

– Moi ? souffla-t-il, étonné. Ce n'est pas moi qui me suis fait tirer dessus.

Observant mes jambes sous la couverture, je remuai mes orteils. Tout me paraissait en parfait état de marche. Dieu merci.

– Je suis ici depuis combien de temps ?

– Cinq jours.

– Cinq jours !

– Tu as eu une infection. Les médecins s'en sont occupés et tout va bien, maintenant.

Je posai ma tête en arrière sur la montagne d'oreillers.

– Et Nick et Cas ?
– Ils vont bien. Ils sont partis chercher quelque chose à manger.
– Mon père ?

Il ne me répondit pas et son visage redevint impassible, fermé – expression que je connaissais bien.

– Sam, insistai-je.

Il croisa les mains, baissa les yeux.

– Ils lui ont effacé la mémoire avant qu'on puisse le sortir de là.

Pleurer après cinq jours passés dans les vapes ne me semblait pas être un bon début. De plus, j'avais des courbatures partout et le moindre sanglot ne ferait qu'empirer les choses. Du coup, je me mordis la lèvre et mon chagrin se dissipa.

Papa, pensai-je. *Je suis désolée.*

– Où est-il ? demandai-je ensuite.

– Il va bien.

– Où est-il, Sam ?

– Avec d'autres retraités. Il a l'air heureux.

– Tu l'as mis dans une maison de retraite ?

Sam se redressa, m'adressa un regard chargé de tristesse et de regrets.

– Anna, il a un cancer des poumons.

– Quoi ? Mais...

– Il me l'a dit un jour où je l'ai appelé, ça lui a échappé. Quand nous cherchions des infos sur la programmation à distance.

Lorsque je l'avais retrouvé après avoir quitté les

garçons, il m'avait paru fatigué, mal en point. Mais jamais je n'aurais pu imaginer que c'était si grave.

– Ils vont bien s'occuper de lui, continua Sam. Il avait mis de l'argent de côté, donc toutes les factures sont réglées. La maison de retraite est bien.

Je hochai la tête. Après tout ce qu'il avait enduré, il avait certainement lui aussi droit à des vacances.

– J'aimerais le voir.

– Oui. Bientôt. Mais il faut que tu reposes. Bon sang, Anna, détends-toi. On s'est chargés de tout.

Nous restâmes un instant silencieux, à écouter les bips réguliers des machines derrière moi.

– Merci, dis-je. De t'être occupé de mon père.

Sam haussa les épaules.

– Il s'est bien occupé de nous pendant qu'on était à la ferme.

Sa remarque entraînait naturellement une autre question, que je désirais poser tout en craignant que Sam le prenne mal. Et puis je redoutais la réponse.

Il croisa mon regard et prit un air inquiet.

– Trev ? dit-il.

– Que lui est-il arrivé ?

Un bébé se mit à pleurer dans le couloir, et Sam attendit qu'il se calme avant de parler.

– Il nous a aidés à nous enfuir et à planifier ton opération de sauvetage. Il nous a accompagnés ensuite mais je ne l'ai pas vu depuis. Je pense qu'il va bien.

– C'était Trev sur le toit, avec le fusil ? C'est lui qui a crevé les pneus de la voiture ?

– Oui.
– Est-ce que vous avez au moins été gentils avec lui ?
– À ton avis ? sourit-il.
– Je pense que Nick a été odieux, que Cas n'a pas arrêté de le charrier et que tu ne lui as pas adressé la parole.

Sam resta silencieux.

– J'ai raison, n'est-ce pas ?

La porte de la chambre s'ouvrit. Ce n'était pas une infirmière venue vérifier comment j'allais, mais Cas et Nick. J'étais contente de les voir. D'autant plus que je n'avais aucune envie d'être examinée par un membre du corps médical.

– Elle est réveillée depuis combien de temps ? demanda Nick, le regard toujours aussi sombre. Pourquoi tu ne nous as pas appelés ?

– Elle vient de se réveiller, expliqua Sam.

– Tout juste, renchéris-je.

Cas s'installa à côté de moi sur le lit et passa son bras autour de mes épaules.

– Mon amour. Je suis ravi de voir que tu vas bien.

Puis il posa ses lèvres sur les miennes.

Je le repoussai.

– Cas !

Sam avança le bras et frappa Cas sur le côté de la tête.

– Arrête de faire l'imbécile.

– Tu ne te souviens pas ? continua Cas en plissant le front. Elle a dit qu'elle ne t'aimait plus. Que c'était moi qu'elle aimait ?

– Ouais, bien sûr, dis-je en levant les yeux au ciel.

Il me sourit, alla s'asseoir sur le rebord de la fenêtre et ouvrit un paquet de chips.

– Ça valait le coup d'essayer, plaisanta-t-il.

Un immense sourire se dessina sur mon visage.

– Tu es vraiment agaçant, parfois.

– Mais tellement adorable.

Je regardai de nouveau Sam, qui semblait converser de manière silencieuse avec Nick. Quelques secondes plus tard, Sam se tourna vers moi.

– Cas et moi, on va sortir se promener. Ça va aller ?

– Oui, répondis-je en regardant Nick.

– Depuis quand est-ce qu'on va se balader tous les deux ? demanda Cas.

Ignorant sa question, Sam le poussa dans le couloir. Dès qu'ils furent partis, Nick s'approcha de moi et s'assit dans la chaise que Sam venait de libérer.

– Hé, murmurai-je.

Nick fit craquer les articulations de ses mains.

– Je me souviens, dit-il d'une voix éraillée. Je me souviens de tout.

– De tout ? Depuis quand ? Enfin...

Une autre jointure craqua.

– Depuis un petit moment déjà.

Il soupira, passa sa main dans ses cheveux – ce qui ne changea rien, ses bouclettes reprirent aussitôt leur place.

– Je me suis souvenu de la première fois où je t'ai vue avec un bleu sur le visage. Tu n'étais qu'une gamine. Tu pleurais et tu refusais de me regarder. Tu ne voulais voir personne. Ton père avait déjà commencé à te briser, ajouta-t-il en secouant la tête.

– Nick...

– C'est moi qui ai eu l'idée d'effacer ta mémoire. J'ai suggéré à Dani qu'on laisse ton oncle s'en occuper, pour que tu oublies toutes ces horreurs que ton père te faisait subir, parce que moi, je voulais oublier. Je voulais oublier tout ce que mon père à moi m'avait fait.

Je restai muette, ne sachant pas quoi dire. C'est parce qu'on m'avait régulièrement effacé la mémoire que tout m'avait paru si confus la nuit où j'avais tué mes parents.

Mais rien de tout ça ne se serait produit si Will n'avait pas fondé l'Agence.

C'était à lui que j'en voulais par-dessus tout.

– Je me souviens de t'avoir fait une promesse ce jour-là, poursuivit Nick. J'ai promis de veiller sur toi. Manifestement, j'ai échoué.

– Tu n'es pas obl...

Il leva une main.

– T'inquiète. Je n'ai pas l'intention de vider mon sac. Je voulais simplement m'excuser d'avoir été aussi méprisant envers toi à la ferme.

Je repoussai la couverture et lui sautai dessus, enroulant mes bras autour de son cou. D'abord, il se raidit, immobile, les bras ballants, puis il se détendit et m'étreignit doucement.

– Maintenant, allonge-toi, recommanda-t-il. Enfin, tu as quand même reçu une balle.

Alors qu'il m'aidait à retourner dans mon lit, je le regardai en souriant. Une fois allongée, je fermai les yeux.

Je repensai à la boîte de grues en papier restée au chalet que nous avions dû quitter après avoir vu Riley sur les enregistrements vidéo. J'avais oublié de les prendre. À présent que l'Agence était détruite, peut-être pouvais-je y retourner ? J'aurais aimé récupérer les grues pour les pendre au plafond de ma future chambre et les regarder danser toutes les nuits.

34

Sur mes béquilles, je traversai en clopinant le couloir principal du Cherry Creek Manor, en direction de la chambre 214. Passant la tête par la porte entrouverte, je vis un homme assis dans un fauteuil qui regardait par la fenêtre.

– Papa ?

L'homme se retourna, me dévisagea un long moment. Observa mes béquilles.

– Anna ? demanda-t-il.

– Tu te souviens de moi ? demandai-je, soudain pleine d'espoir.

– Non, répondit-il en m'adressant un sourire timide. L'infirmière m'a prévenu de ta visite.

– Ah, oui.

J'entrai dans la chambre et m'assis dans le fauteuil en face de lui. Sa chambre était plutôt grande, avec une salle de bains privative et une terrasse donnant sur les immenses jardins de Cherry Creek Manor. Bien qu'entièrement couverts de neige en ce moment, on devinait sans peine combien ils seraient magnifiques au printemps, ce qui présageait de belles journées passées à dessiner.

– Comment vas-tu ? lui demandai-je après avoir posé mes béquilles.

Il haussa les épaules et toussa à plusieurs reprises. Me redressant, je lui tapotai dans le dos.

– Tu veux un verre d'eau ?

Toussant toujours, il me fit signe que non.

– Ça va. Ça va passer, c'est tout.

– Quand est-ce que tu commences les traitements ? demandai-je en me rasseyant. Pour ton cancer ?

– Je suis vieux. Pourquoi endurer tout ça ? De toute manière, je mourrai bientôt. C'est inévitable.

– Tu pourrais gagner quelques années.

– Des années pleines de médicaments et de nausées ? De courbatures ? Non, merci.

Il m'observa ensuite, la tête légèrement penchée sur le côté.

– Et toi, comment tu vas ? Sam m'a dit que tu étais à l'hôpital après une blessure par balle. Mais qui peut tirer sur une jeune fille comme toi ?

Mon oncle, pensai-je.

– Oui, ça va. Beaucoup mieux, d'ailleurs.

Il hocha la tête mais ne semblait pas satisfait pour autant. N'ayant pas la force de tout lui raconter en détail, je préférai changer de sujet.

– Tu es heureux, ici ?

Il réfléchit longuement avant de répondre.

298

— Oui, je crois. Les gens sont gentils. Je me sens heureux.

Sa réponse me soulagea. Sans doute que Sam avait raison et que cet endroit était ce qui lui convenait le mieux.

Nous discutâmes encore quelque temps, de tout et de rien – la météo, la nourriture qu'on servait à la cafétéria, les nouvelles du monde. Bavarder avec lui en toute simplicité me parut étrange. La conversation n'avait jamais été notre fort. Mais ça me plaisait.

— Bon, il faut que j'y aille, dis-je en me redressant. Je viendrai te voir bientôt, d'accord ? Et si tu as besoin de moi, tu as mon numéro.

— Anna ? lança mon père, et je m'arrêtai devant la porte. Je t'aime.

De grosses larmes m'envahirent les paupières, que je chassai en prenant une grande respiration.

— Moi aussi, je t'aime.

Il me sourit puis se détourna et regarda de nouveau par la fenêtre.

35

Plusieurs semaines s'étaient écoulées depuis que j'avais tué Will et que l'Agence avait été réduite à néant, mais j'avais toujours autant de mal à commander une tasse de café sans scruter de manière excessive les autres clients ni repérer les issues.
Cela dit, ce n'était pas une si mauvaise habitude.
La barmaid me tendit mon café et je m'apprêtai à y verser des tonnes de sucre et de crème quand je percutai par mégarde la personne qui se tenait derrière moi.
– Oh, pardon, dis-je. Désolée.
– Pas de souci.
La voix me parut familière. Je relevai la tête.
– Trev, soufflai-je.
– Tu as une minute ?
Je jetai un œil par la fenêtre à la berline de l'autre côté de la rue. Sam, Cas et Nick attendaient à l'intérieur. Cas hochait la tête, sans doute en rythme avec la musique émanant du poste de radio, et Nick l'observait avec mépris.

Sam tourna la tête vers moi.
- Comment tu as fait pour contourner Sam ?
- Je ne suis pas aussi nul que tu le crois, répondit-il avec un sourire de satisfaction.

Je regardai de nouveau la voiture.
- Deux secondes, insista-t-il.
- D'accord.

Il me mena à une table nichée dans un coin. Nous attrapâmes chacun la chaise faisant face à la porte et il y eut un moment embarrassant où nous hésitâmes mais je finis par gagner.
- Que veux-tu ? lui demandai-je.

Je serrai mon gobelet entre mes mains. Le café était brûlant mais constituait en même temps une arme redoutable et discrète.

Je ne savais pas ce qu'il me voulait ni s'il était accompagné et je restai attentive. En même temps, je tâchai de me raisonner. Il m'avait secourue, après tout. Plus d'une fois. Mais ces dernières semaines avaient été si belles, si sereines, que je m'attendais à ce qu'une catastrophe me tombe dessus.
- Je voulais juste te voir, me dit-il en ajustant les manches de son manteau en laine.

Il avait le col relevé, comme un bouclier. Ses cheveux étaient encore plus courts que la dernière fois, bien coupés, bien coiffés.
- Me voir pour quoi ?
- Pour te dire au revoir.
- Tu t'en vas ?

Il tapota légèrement sur la table, comme pour se donner du courage.

– Après votre évasion du QG de l'Agence en octobre dernier, j'ai entamé des recherches sur mon passé. Tu te souviens de la fille dont je t'ai parlé, celle que je croyais protéger en travaillant pour l'Agence ?

J'acquiesçai.

– Eh bien, je suis parti à sa recherche. Et je l'ai trouvée. Elle existait bel et bien.

– Et ?

– Elle se souvenait à peine de moi. Et alors que moi, j'avais subi des traitements antivieillissement, elle, elle avait vieilli normalement. Elle s'était mariée. Avait eu un enfant.

Son regard se porta sur un couple assis à côté de nous. Ils semblaient dans leur bulle.

Quand il se tourna de nouveau vers moi, j'aperçus l'ancien Trev, avec cet air particulier dans son regard, cette lueur qui brillait quand il trouvait une citation qui convenait parfaitement à la situation.

Mais l'instant d'après, la lueur disparut, et je me rendis compte que je n'étais plus celle avec qui il souhaitait partager ses citations.

– J'ai gâché ce que j'avais avec vous pour une fille qui était passée à autre chose. Et maintenant...

Il laissa sa phrase traîner et ramena ses mains sur ses cuisses.

Je retins ma respiration, aux aguets.

– Ah oui, il y a ça, aussi, dit-il en me regardant. Peu

importe le nombre de fois où je viendrai à ton aide, tu ne me feras jamais plus confiance.

Il avait raison mais je m'excusai quand même.

Secouant la tête, il sortit un téléphone portable de sa poche.

– J'ai un cadeau pour toi.

Il tapota sur le clavier puis fit pivoter le téléphone vers moi afin que je voie l'écran, où figurait un simple bouton rouge sur lequel était écrit « Détonation ».

– Qu'est-ce que c'est ?
– La fin.
– De quoi ?
– De l'Agence.
– Je ne comprends pas.

Il se pencha vers moi.

– Appuie sur le bouton, et tu verras, me murmura-t-il.

Il se leva, vint vers moi et me serra dans ses bras – une étreinte timide pour une amie disparue. Lâchant mon gobelet, je le serrai à mon tour dans mes bras.

– Tu me manques, Anna. Tous les jours.

Quand il me relâcha, une partie de moi, celle qui avait été sa meilleure amie pendant des années, sembla se détacher aussi.

Je ne voulais pas qu'il s'en aille ; en même temps, je savais qu'il ne pouvait pas rester. Il ne pouvait pas réintégrer le groupe.

– Prends soin de toi, me dit-il.

Il sortit par la porte principale, comme pour prouver

à Sam qu'il pouvait encore le berner. Comme pour lui dire : « Tu vois, j'aurais pu faire un truc terrible, mais je me suis retenu. »

Quand Sam aperçut Trev, il bondit de la voiture et traversa la rue.

Je me précipitai dehors.

– Tout va bien, lançai-je.

Trev poursuivit son chemin, les mains dans les poches, et ne se retourna pas.

Plus tard ce soir-là, je posai le portable de Trev au milieu de la table autour de laquelle nous étions rassemblés. Le bouton rouge n'était qu'une image sur un écran, et pourtant, il représentait tellement de choses.

Nous prenions un énorme risque. Après tout, ça pouvait être un piège.

– Vous êtes prêts ? demandai-je.

Ils hochèrent la tête.

J'appuyai sur le bouton.

36

Sam me tira vers lui, son bras autour de mes épaules, et je me nichai dans le creux de sa nuque, le respirai. Il sentait l'automne, alors que nous étions mi-mai et que tout débordait de fraîcheur et de vie.

Je passai ma main sur son torse nu, traçant les contours de ses abdominaux avec mon index. Il frémit, ce qui renforça mon envie de continuer. Je le fis basculer sur le dos et m'allongeai sur lui.

Un sourire langoureux se dessina sur son visage.

– J'ai la ferme intention d'abuser de toi, et tu ne peux rien y faire, déclarai-je.

– Vraiment?

D'un mouvement rapide, il m'enserra la taille et me plaqua sur le lit.

J'éclatai de rire. Il m'embrassa. Une fois. Deux fois.

Glissant ma main le long de son ventre, j'attrapai le lacet nouant son short, sur lequel je tirai. Nous passions désormais la plupart de nos après-midi ainsi, et c'était sans aucun doute la meilleure façon de se dépenser.

L'Agence avait disparu. À l'aide d'une petite application, d'un petit bouton rouge, nous avions déclenché à distance les explosifs que Trev avait installés au QG de l'Agence, qui était parti en fumée. De même que l'entrepôt à Port Cadia et le labo dans l'Indiana. Les médias avaient relayé l'info sur les explosions pendant des semaines en égrenant toutes sortes de théories sur les raisons de ces actes. L'histoire fit encore plus sensation quand il devint patent qu'aucun des responsables ne voulait parler.

Malgré cette bonne nouvelle, nous attendions quand même de savoir ce qui était arrivé à Riley avant de nous réjouir complètement. Ce salaud pouvait encore nous jouer des tours. Mais sans doute était-il planqué dans un trou bien loin d'ici.

Sam passa sa main sous mon T-shirt et me caressa le dos. Tous mes sens s'éveillèrent. Il m'embrassa de nouveau, puis s'écarta légèrement.

– Quoi ? demandai-je, inquiète tout à coup.

Souriant, il roula sur le côté, attrapa quelque chose sous le lit et me tendit un carnet. À la couverture noire. Sans rien d'écrit dessus. Surprise, je plaquai ma main sur ma bouche.

– C'est le... bredouillai-je.

– Non, ce n'est pas le même, me dit-il. Mais c'est ce que j'ai trouvé de plus ressemblant.

Je pris le journal et l'ouvris. Le papier était épais, couleur crème, comme le papier du carnet qu'il m'avait offert pour mon dix-septième anniversaire. Dans celui-ci aussi, il avait écrit un mot.

Pour Anna, en l'honneur d'un nouveau départ
Sam

Des larmes me montèrent aux yeux. Je lui sautai au cou et il m'enveloppa dans ses bras.
– Merci, dis-je. Il est parfait.
– De rien.
Il se pencha vers moi pour m'embrasser mais fut interrompu par les cris de Nick au rez-de-chaussée.
– Sam ! Ramène tes fesses en bas ! Cas pense qu'il peut voler.
Sam s'affala à côté de moi et soupira.
– Désolé.
– Y a pas de quoi.
Il déposa un baiser sur mon front, passa son pouce sur mes lèvres.
– Je reviens.
– Je ne bouge pas, répondis-je en souriant.
Il sortit de la chambre, dévala les marches de l'escalier et rejoignit Nick. Je les entendis ensuite tenter de convaincre Cas de descendre du toit.
Je m'allongeai sur le dos, fermai les yeux. Une agréable brise de printemps traversa la chambre. Je m'étirai, laissant le soleil me chauffer les jambes.
– Cas ! cria Sam.
Un bruit sourd me parvint, suivi d'un gémissement.

– Ah, merde ! bredouilla Cas.
– T'es vraiment qu'un crétin, dit Nick.
– Peut-être, mais au moins je suis beau gosse !
– Sauf que personne n'aime les crétins.

Cas éclata de rire.

– Ah, c'est pour ça qu'aucune fille ne t'adresse la parole !

Ils continuèrent de se chamailler. Cas éclata de rire de nouveau, mais il me paraissait loin.

Je n'avais pas dégainé mon arme depuis des semaines. Je n'avais pas eu à fuir devant des agents. Je n'avais pas eu à voler une voiture ni à me battre à mains nues. Cette pause nous faisait un bien fou et je souhaitais qu'elle ne s'arrête jamais.

Mais rien n'est définitif. Je le savais. Il restait encore aux garçons tant de choses à découvrir sur leur passé. Cas s'était rappelé quelques détails sur sa grand-mère – elle l'avait élevé – et nous avions entrepris des démarches pour la retrouver. Nick voulait se venger de son père, mais nous ne savions pas s'il parlait sérieusement ou pas. Espérons que non.

Quoi que puisse nous réserver l'avenir, j'étais sûre d'une chose : nous formions une famille. Moi et les garçons. Et rien de ce que nous pourrions découvrir ne changerait cet état de fait.

Serrant le journal contre moi, je levai les yeux au plafond, où les grues en origami dansaient, bercées par la brise.

Remerciements

Il faut une armée pour écrire un livre, et ma liste de remerciements en est le reflet.

Tout d'abord, je tiens à remercier mon éditrice, Julie Scheina, qui, j'en suis sûre, remporterait les jeux Olympiques de l'édition si ça existait. Elle est intelligente, sage, sympa – tous les adjectifs qu'on trouverait dans le dictionnaire à l'entrée « génial » pourraient lui être appliqués. Parce qu'elle a le don de poser chaque fois les bonnes questions, mes livres sont mille fois meilleurs.

À mon agent, Joanna Volpe, qui est une super businesswoman mais aussi un excellent soutien. Sans elle, je pense que je serais dans un sale état la plupart du temps. Je ne peux imaginer construire une carrière dans ce milieu sans elle pour me guider. J'ai beaucoup de chance de l'avoir à mes côtés.

Merci aussi à Pam Garfinkel et Danielle Barthel, qui répondent à mes milliards d'e-mails et font en sorte que tout se passe bien. Vous êtes merveilleuses.

À Pouya et Kathleen, qui m'aiment et m'ont soutenue pendant *Amnesia* et *Memento*.

À tous les autres chez Little, Brown et New Leaf Lit, que

je n'ai pas encore rencontrés mais qui sont tout aussi importants.

À Patricia Riley et Danielle Ellison, pour nos conversations par Skype et nos échanges de tweets et d'e-mails qui m'ont permis de traverser les moments difficiles. Vous savez quand et comment me remonter le moral et je vous en suis très reconnaissante.

À Adam Silvera. On ne se connaît que depuis l'année dernière mais j'ai l'impression qu'on est meilleurs amis depuis toujours. Je suis tellement contente de m'être assise en face de toi dans ce café new-yorkais. Sinon, tu n'aurais pas fait partie de ma vie, ce qui me paraît impensable.

À tous les lecteurs et bloggeurs qui ont soutenu *Amnesia* et *Memento*, Anna et les garçons ! J'écris pour vous, et j'adore recevoir vos messages, qui rendent ma vie dans les tranchées de l'édition bien plus agréable.

À ma famille et mes amis pour leurs encouragements sans fin ! Vous êtes super. À mes grands-parents, surtout, pour leurs heures de baby-sitting !

À mon mari, JV, mon meilleur ami sur la planète. Je n'aurais pas pu écrire ces livres sans toi. Tu sais me remonter le moral, me faire rire, et me donner l'impression d'être exceptionnelle alors que j'ai surtout l'impression de ne pas l'être.

Enfin, à ma chaise, qui est mégaconfortable. Mes fesses te remercient.

D'autres Livres

wiz
Albin Michel

Jodi Lynn ANDERSON, *Peau de pêche*
Jodi Lynn ANDERSON, *Secrets de pêche*
Jodi Lynn ANDERSON, *Un amour de pêche*
Sherman ALEXIE, *Le premier qui pleure a perdu*
Jay ASHER, *Treize raisons*
Jennifer Lynn BARNES, *Tattoo*
Judy BLUNDELL, *Double jeu*
Jennifer BROWN, *Hate List*
Candace BUSHNELL, *Le Journal de Carrie*
Candace BUSHNELL, *Summer and the City*
Meg CABOT, *(Une irrésistible) envie de sucré*
Meg CABOT, *(Une irrésistible) envie d'aimer*
Meg CABOT, *(Une irrésistible) envie de dire oui*
Meg CABOT, *Irrésistible ! – L'Intégrale*
Meg CABOT, *Ready to rock !*
Susane COLASANTI, *La Pluie, les garçons et autres choses mystérieuses*
Elizabeth CRAFT et Sarah FAIN, *Comme des sœurs*
Elizabeth CRAFT et Sarah FAIN, *Amies pour la vie*
Cath CROWLEY, *Graffiti Moon*
Sharon DOGAR, *Si tu m'entends*
Melissa DE LA CRUZ, *Un été pour tout changer*
Melissa DE LA CRUZ, *Fabuleux bains de minuit*
Melissa DE LA CRUZ, *Une saison en bikini*
Melissa DE LA CRUZ, *Glamour toujours*
Melissa DE LA CRUZ, *Un été pour tout changer – L'Intégrale*
Francisco DE PAULA FERNÁNDEZ, *Dis-moi que tu m'aimes*
Francisco DE PAULA FERNÁNDEZ, *Prends-moi dans tes bras*
Claudine DESMARTEAU, *Troubles*
Stephen EMOND, *Entre toi et moi*
Norma FOX MAZER, *Le Courage du papillon*
Neil GAIMAN, *Coraline*
Neil GAIMAN, *L'Étrange Vie de Nobody Owens*
Neil GAIMAN, *Odd et les Géants de glace*
Gregory GALLOWAY, *La Disparition d'Anastasia Cayne*

Anna GODBERSEN, *Tout ce qui brille*
Anna GODBERSEN, *Une saison à Long Island*
Anna GODBERSEN, *Un baiser pour la nuit*
Kristin HALBROOK, *Rien que nous*
Jenny HAN, *L'été où je suis devenue jolie*
Jenny HAN, *L'été où je t'ai retrouvé*
Jenny HAN, *L'été devant nous*
Johan HARSTAD, *172 heures sur la lune*
Mandy HUBBARD, *Prada & Préjugés*
Alice KUIPERS, *Ne t'inquiète pas pour moi*
Alice KUIPERS, *2 filles sur le toit*
Graham MARKS, *Tokyo – Perdus dans la grande ville*
Sarah MLYNOWSKI, *Parle-moi*
Sarah MLYNOWSKI, *2 filles + 3 garçons – les parents = 10 choses que nous n'aurions pas dû faire*
Joyce Carol OATES, *Un endroit où se cacher*
Sean OLIN, *Qui veut tuer Britney ?*
Kit PEARSON, *Le Jeu du chevalier*
Joanna PHILBIN, *Manhattan Girls*
Joanna PHILBIN, *Manhattan Girls – Les filles relèvent le défi*
Joanna PHILBIN, *Manhattan Girls – En mode VIP*
Yvonne PRINZ, *Princesse Vinyle*
William RICHTER, *Dark Eyes*
Meg ROSOFF, *Maintenant, c'est ma vie*
Meg ROSOFF, *La Balade de Pell Ridley*
Rinsai ROSSETTI, *L'Envol*
Polly SHULMAN, *La fille qui voulait être Jane Austen*
Lauren STRASNICK, *La toute première fois*
Dan WELLS, *Partials*
Pamela WELLS, *La Ligue des cœurs brisés*
Gabrielle ZEVIN, *Une vie ailleurs*
Gabrielle ZEVIN, *Je ne sais plus pourquoi je t'aime*
Gabrielle ZEVIN, *La Mafia du chocolat*
Gabrielle ZEVIN, *La Fille du parrain*

www.wiz.fr
Logo Wiz : Cédric Gatillon

Composition IGS-CP
Impression CPI Bussière en janvier 2014
à Saint-Amand-Montrond (Cher)
Éditions Albin Michel
22, rue Huyghens, 75014 Paris

ISBN : 978-2-226-25256-2
ISSN : 1637-0236
N° d'édition : 20105/01. – N° d'impression : 2007132.
Dépôt légal : février 2014.
Loi n° 49-956 du 16 juillet 1949 sur les publications destinées à la jeunesse.
Imprimé en France.